EL PROYECTO DE Wendy

Concepto y textos

Melissa Jane Osborne

Arte, colores y rotulación

Veronica Fish

Historias gráficas

EL PROYECTO DE WENDY

Título original: *The Wendy Project*

© 2017 Emet Entertainment, LLC y Melissa Jane Osborne
Melissa Jane Osborne (concepto y textos)
Veronica Fish (arte de portada, ilustraciones y rotulación)

Traducción: Mercedes Guhl

Rotulación para esta edición: Emilio Romano (pp. 5, 7, 13, 16, 20, 27, 30, 33, 37, 38, 39, 43, 49, 50, 55, 60, 63, 65, 68, 69, 71, 74, 79, 85-86, 90, 93.)

D.R. © Editorial Océano, S.L.
Milanesat 21-23, Edificio Océano
08017 Barcelona, España
www.oceano.com

D.R. © Editorial Océano de México, S.A. de C.V.
Eugenio Sue 55, Polanco Chapultepec
Miguel Hidalgo, 11560, Ciudad de México
www.oceano.mx
www.oceanotravesia.mx

Primera edición: 2018

ISBN: 978-607-527-114-9

Esta obra se imprimió y encuadernó en el mes de diciembre de 2017 en los talleres de Impregráfica Digital, S.A. de C.V., Calle España 385, Col. San Nicolás Tolentino, C.P. 09850, Iztapalapa, Ciudad de México.

IMPRESO EN MÉXICO / *PRINTED IN MEXICO*

Este libro pertenece a:

Wendy

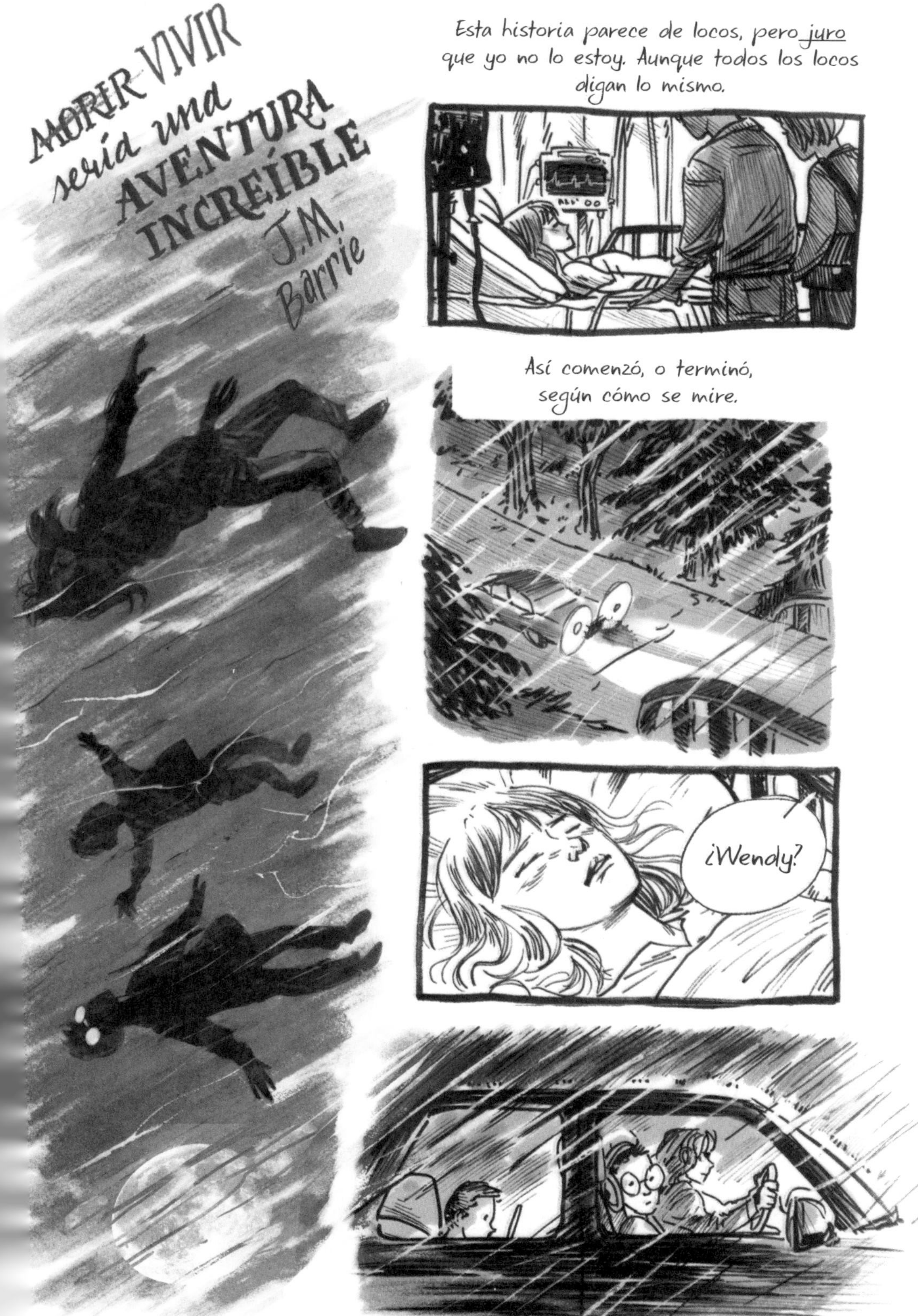
~~MORIR~~ VIVIR
sería una
AVENTURA
INCREÍBLE
J.M. Barrie
Esta historia parece de locos, pero juro que yo no lo estoy. Aunque todos los locos digan lo mismo.
Así comenzó, o terminó, según cómo se mire.
¿Wendy?

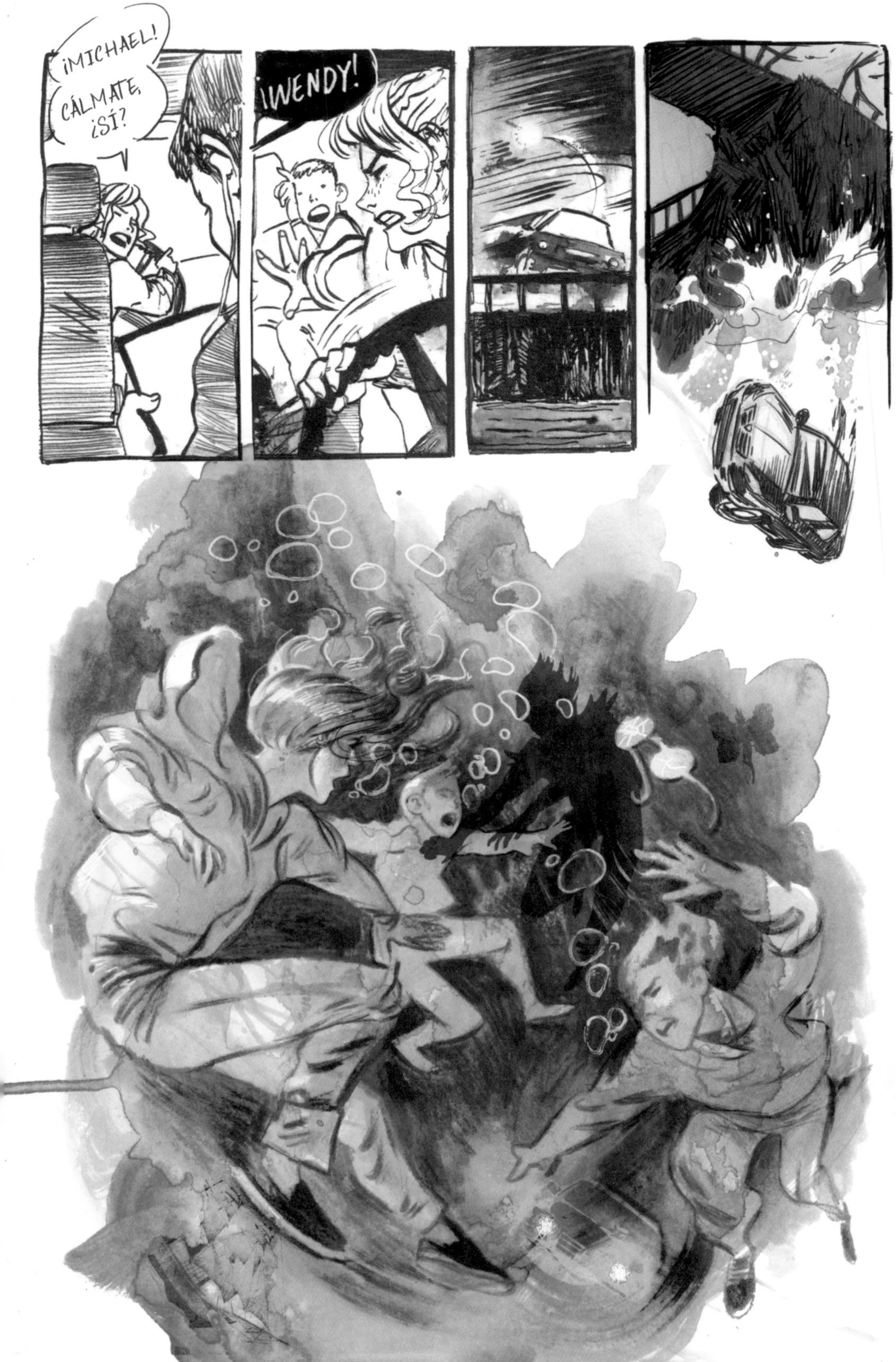
¡MICHAEL!
CÁLMATE, ¿SÍ?
¡WENDY!

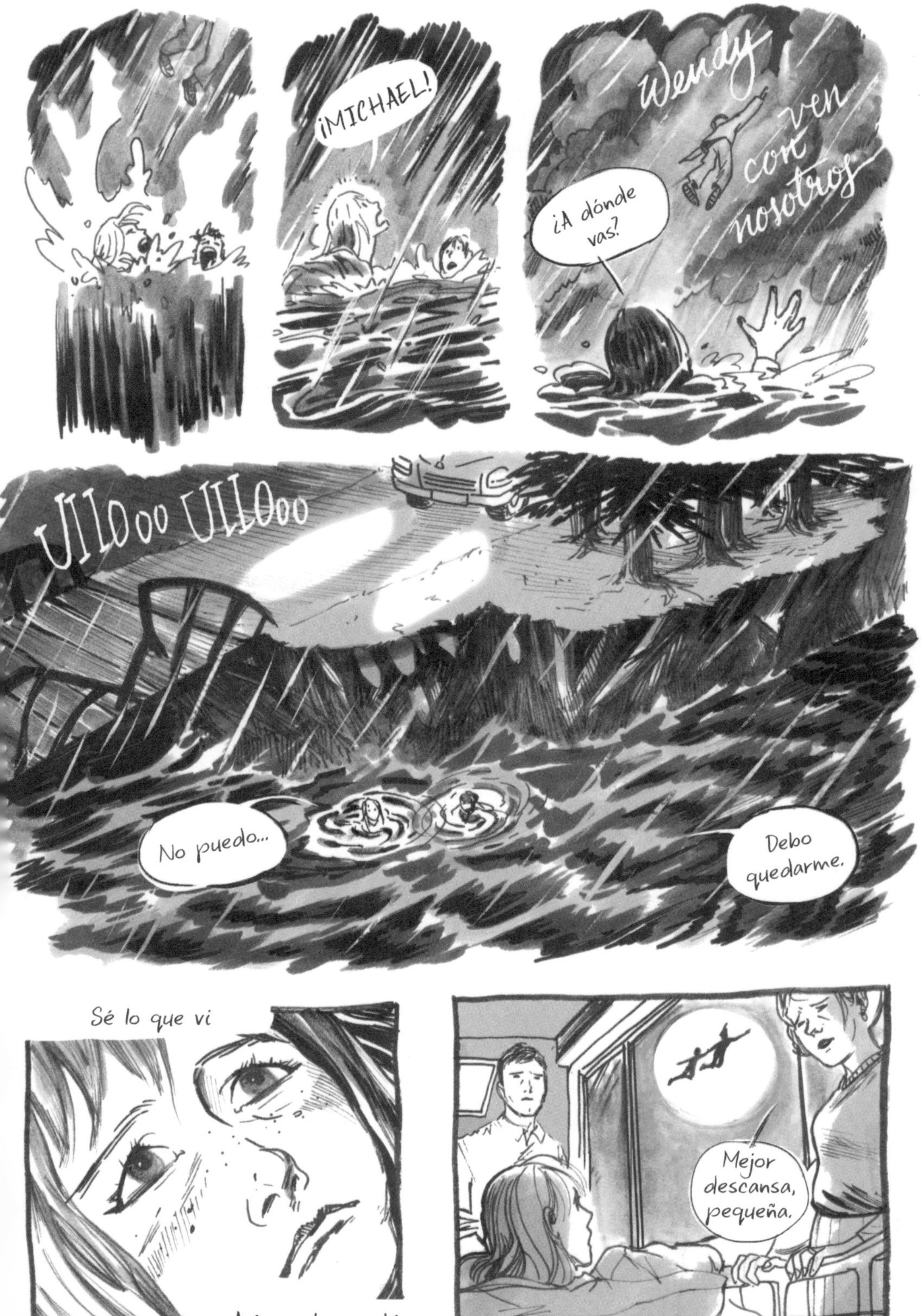
¡MICHAEL!
¿A dónde vas?
Wendy
ven con nosotros
UIIOoo UIIOoo
No puedo...
Debo quedarme.
Sé lo que vi
Así que les conté.
Mejor descansa, pequeña.

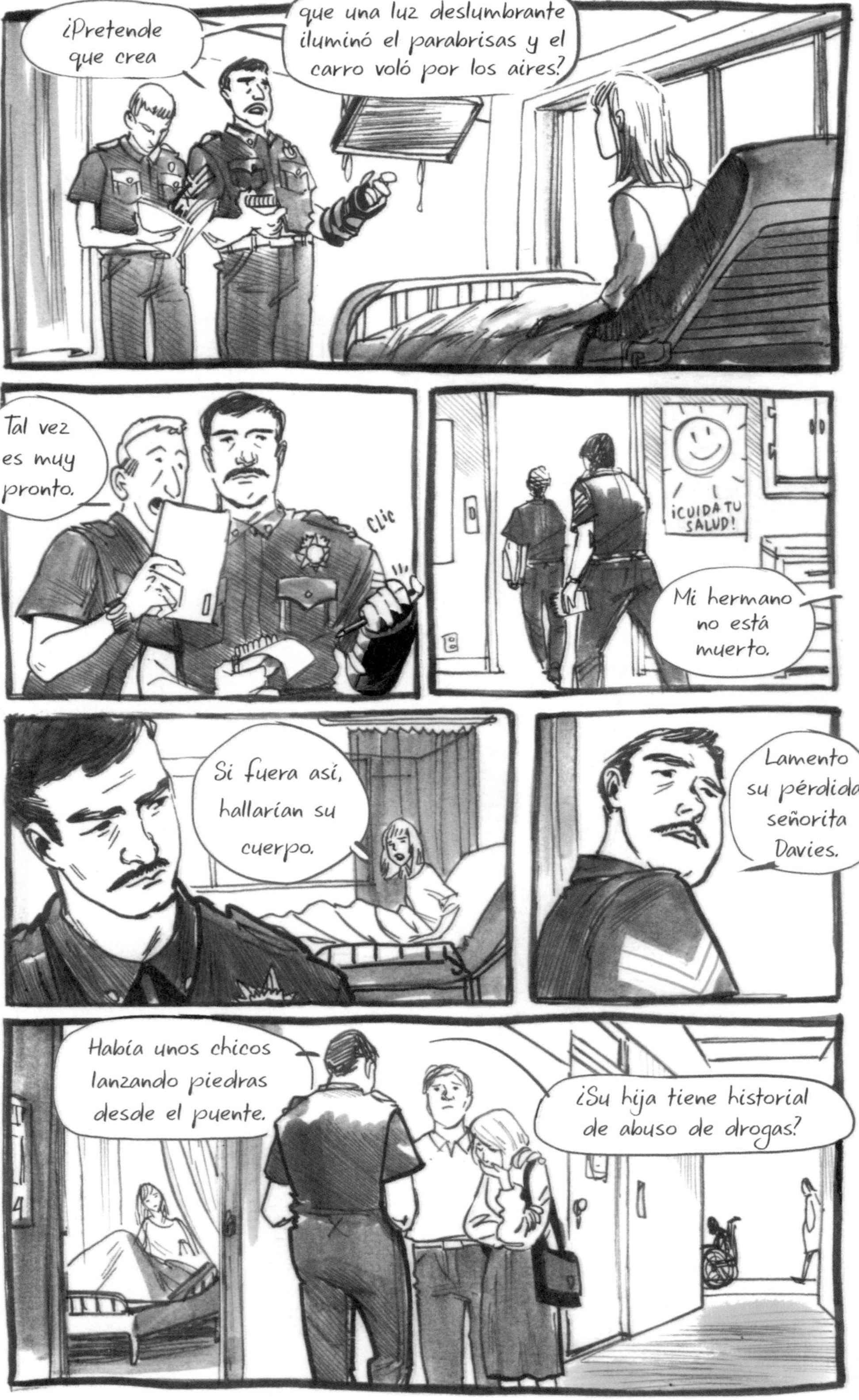
¿Pretende que crea
que una luz deslumbrante iluminó el parabrisas y el carro voló por los aires?
Tal vez es muy pronto.
CLIC
¡CUIDA TU SALUD!
Mi hermano no está muerto.
Si fuera así, hallarían su cuerpo.
Lamento su pérdida, señorita Davies.
Había unos chicos lanzando piedras desde el puente.
¿Su hija tiene historial de abuso de drogas?

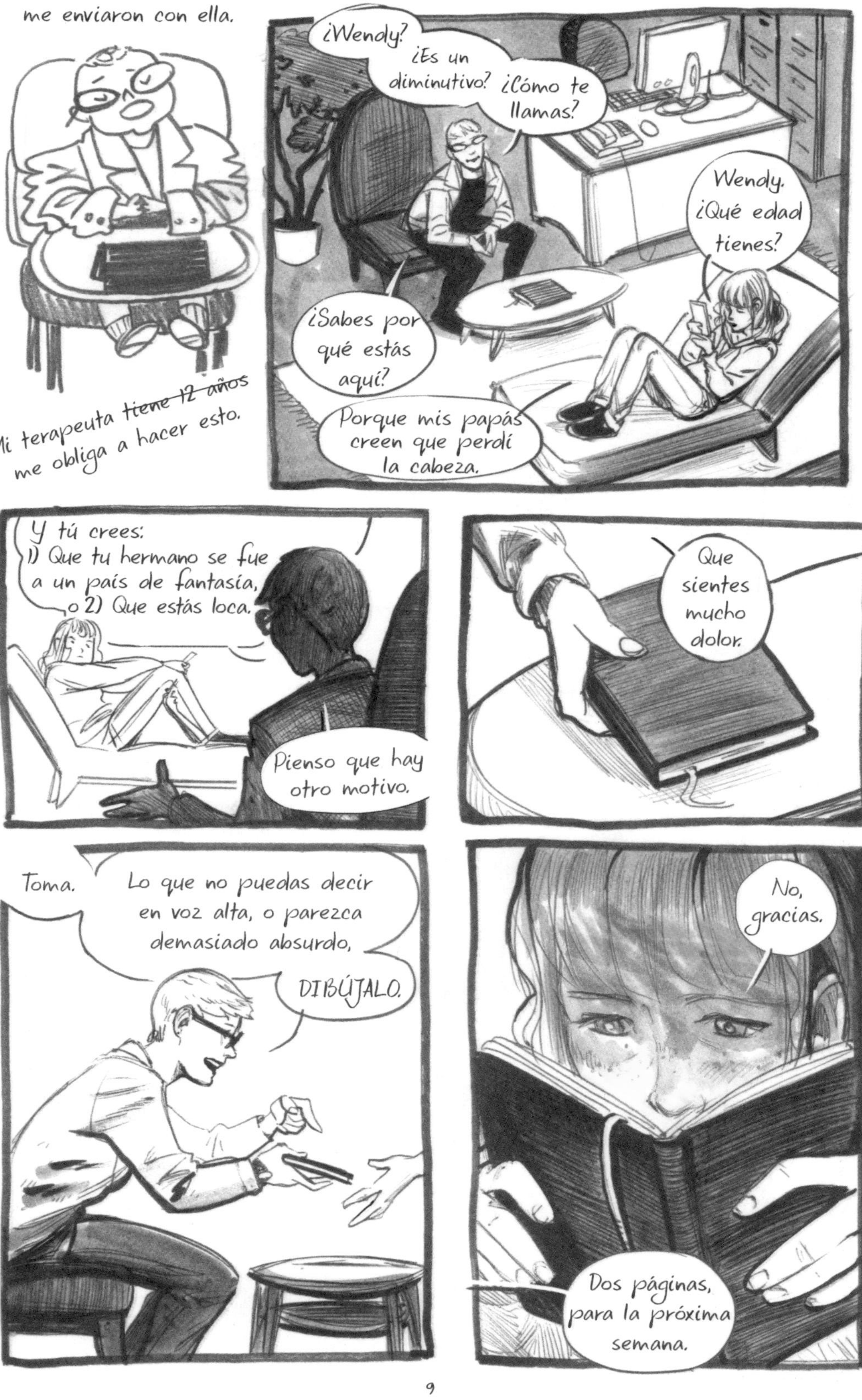

me enviaron con ella.
Mi terapeuta ~~tiene 12 años~~ me obliga a hacer esto.
¿Wendy? ¿Es un diminutivo? ¿Cómo te llamas?
Wendy. ¿Qué edad tienes?
¿Sabes por qué estás aquí?
Porque mis papás creen que perdí la cabeza.
Y tú crees: 1) Que tu hermano se fue a un país de fantasía, o 2) Que estás loca.
Pienso que hay otro motivo.
Que sientes mucho dolor.
Toma.
Lo que no puedas decir en voz alta, o parezca demasiado absurdo,
DIBÚJALO.
No, gracias.
Dos páginas, para la próxima semana.

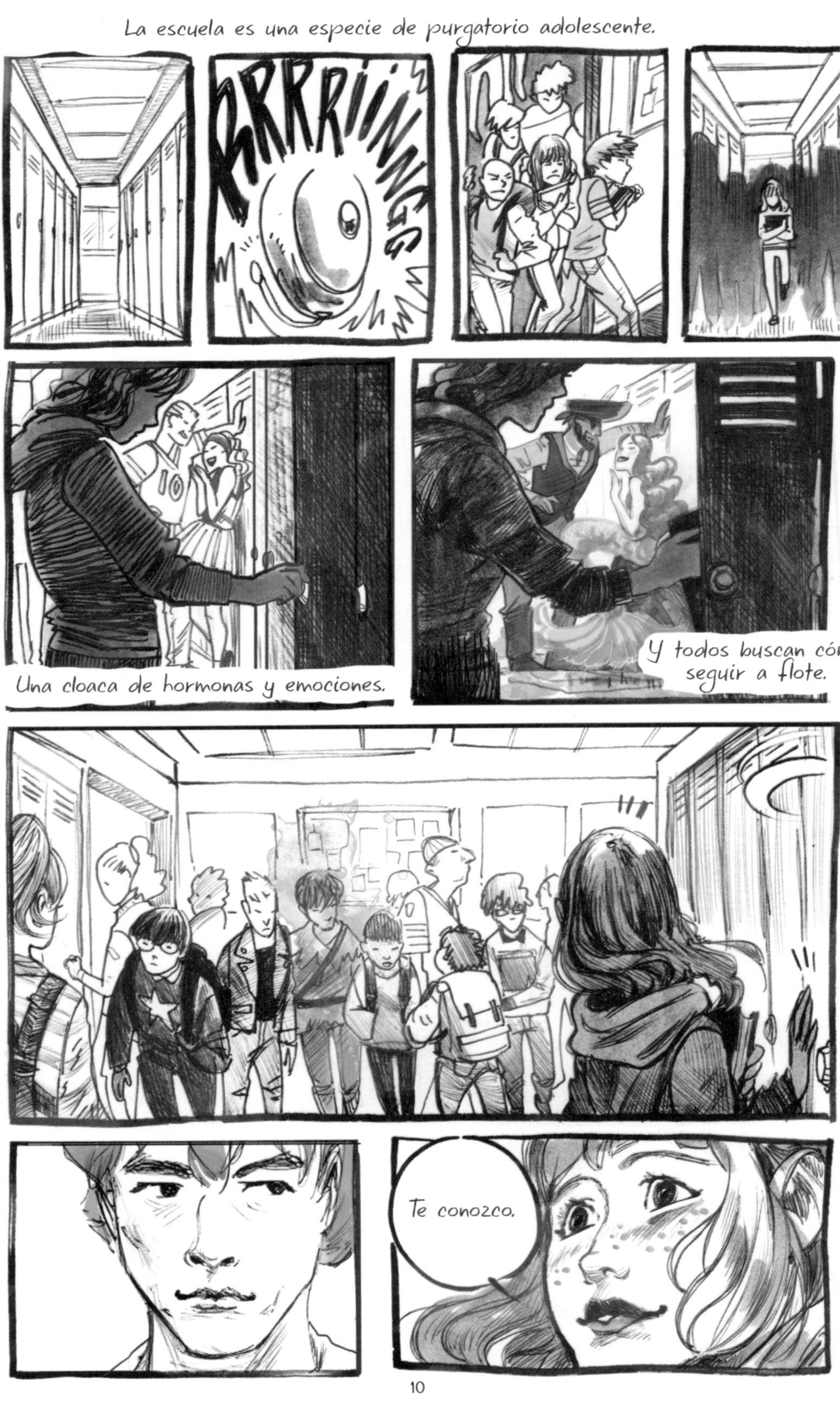
La escuela es una especie de purgatorio adolescente.
RRRRIIINNGG
Una cloaca de hormonas y emociones.
Y todos buscan cómo seguir a flote.
Te conozco.

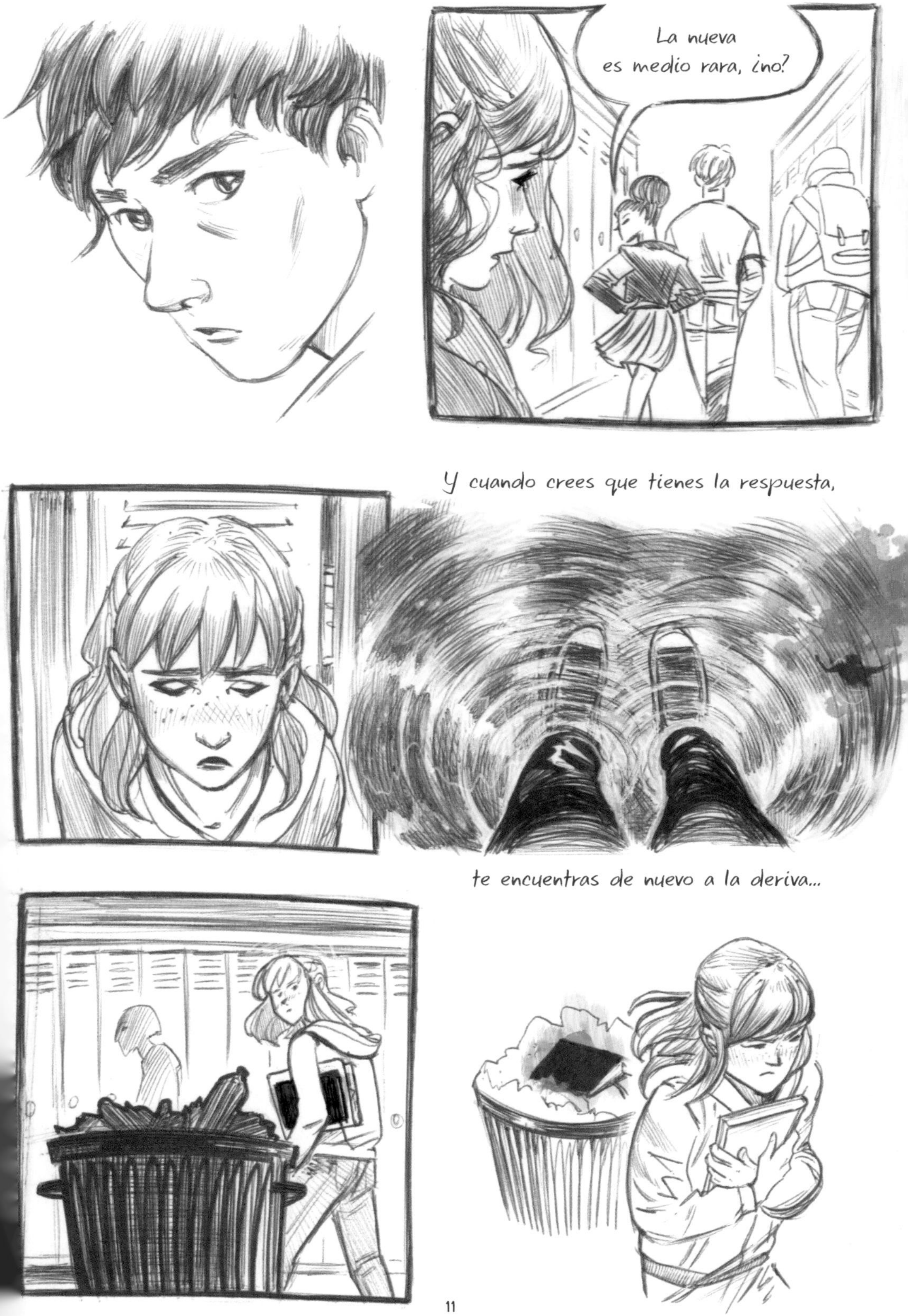
La nueva es medio rara, ¿no?
Y cuando crees que tienes la respuesta,
te encuentras de nuevo a la deriva...

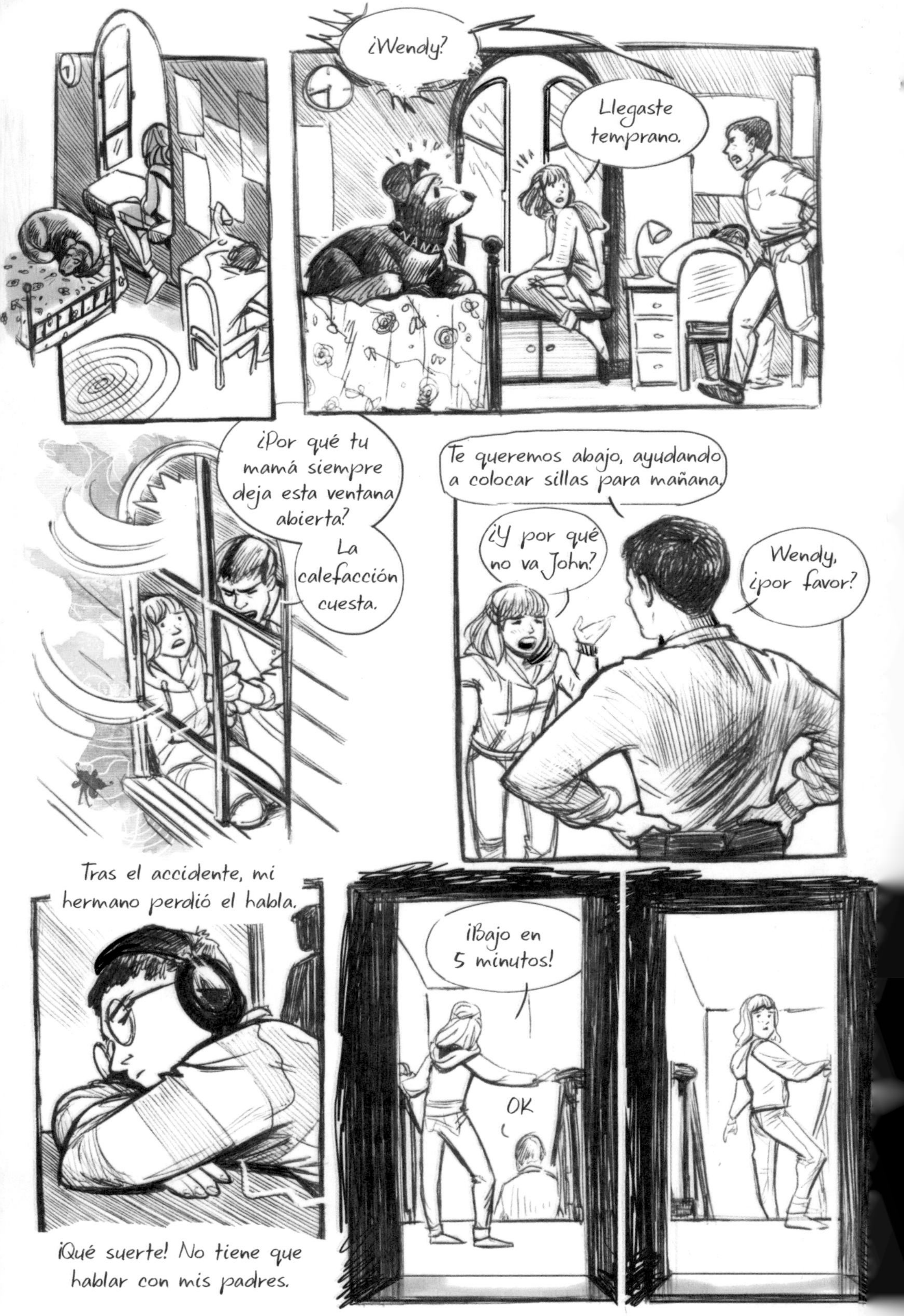
¿Wendy?
Llegaste temprano.
¿Por qué tu mamá siempre deja esta ventana abierta?
La calefacción cuesta.
Te queremos abajo, ayudando a colocar sillas para mañana.
¿Y por qué no va John?
Wendy, ¿por favor?
Tras el accidente, mi hermano perdió el habla.
¡Qué suerte! No tiene que hablar con mis padres.
¡Bajo en 5 minutos!
OK

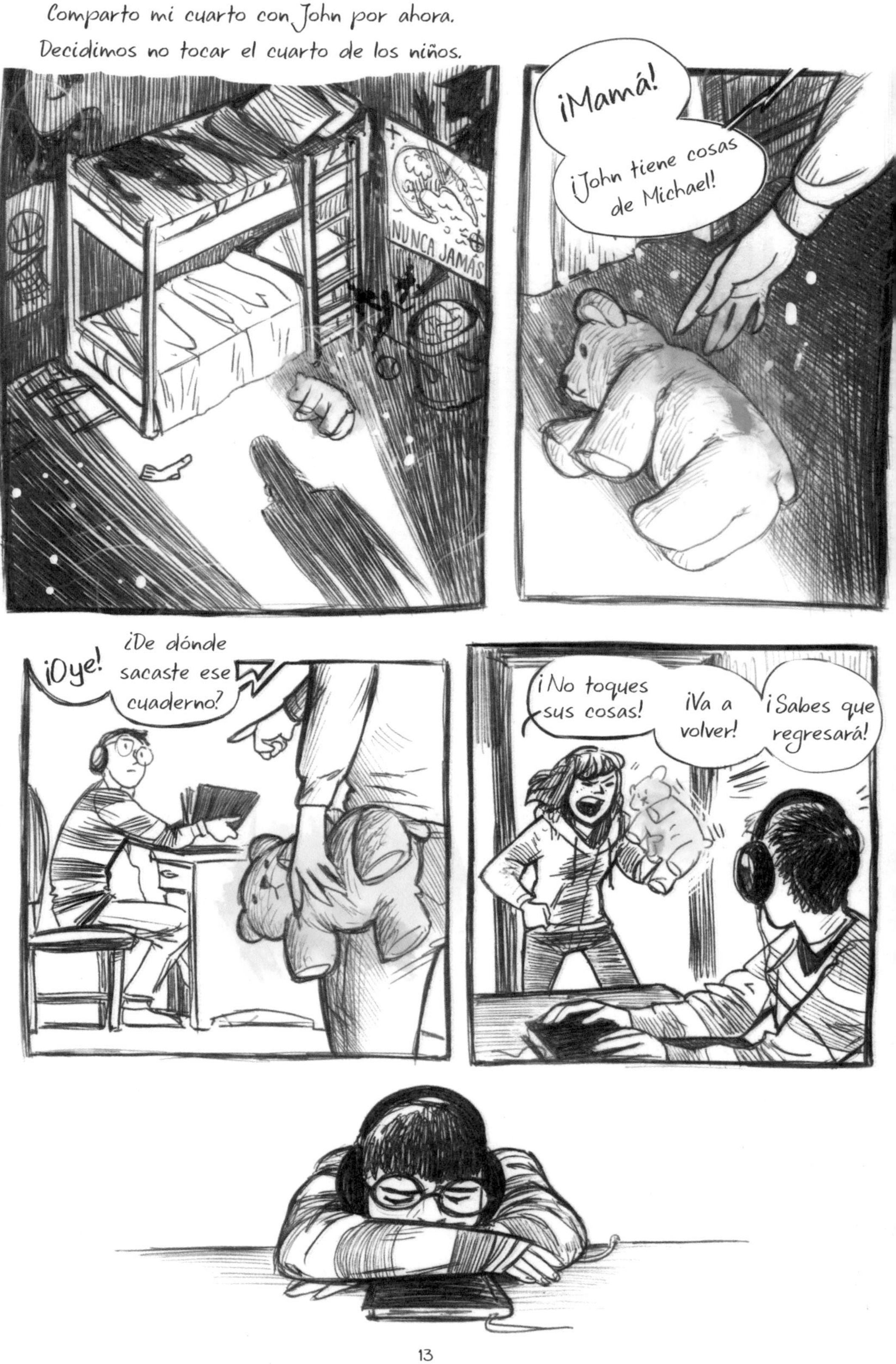
Comparto mi cuarto con John por ahora.
Decidimos no tocar el cuarto de los niños.
NUNCA JAMÁS
¡Mamá!
¡John tiene cosas de Michael!
¡Oye!
¿De dónde sacaste ese cuaderno?
¡No toques sus cosas!
¡Va a volver!
¡Sabes que regresará!

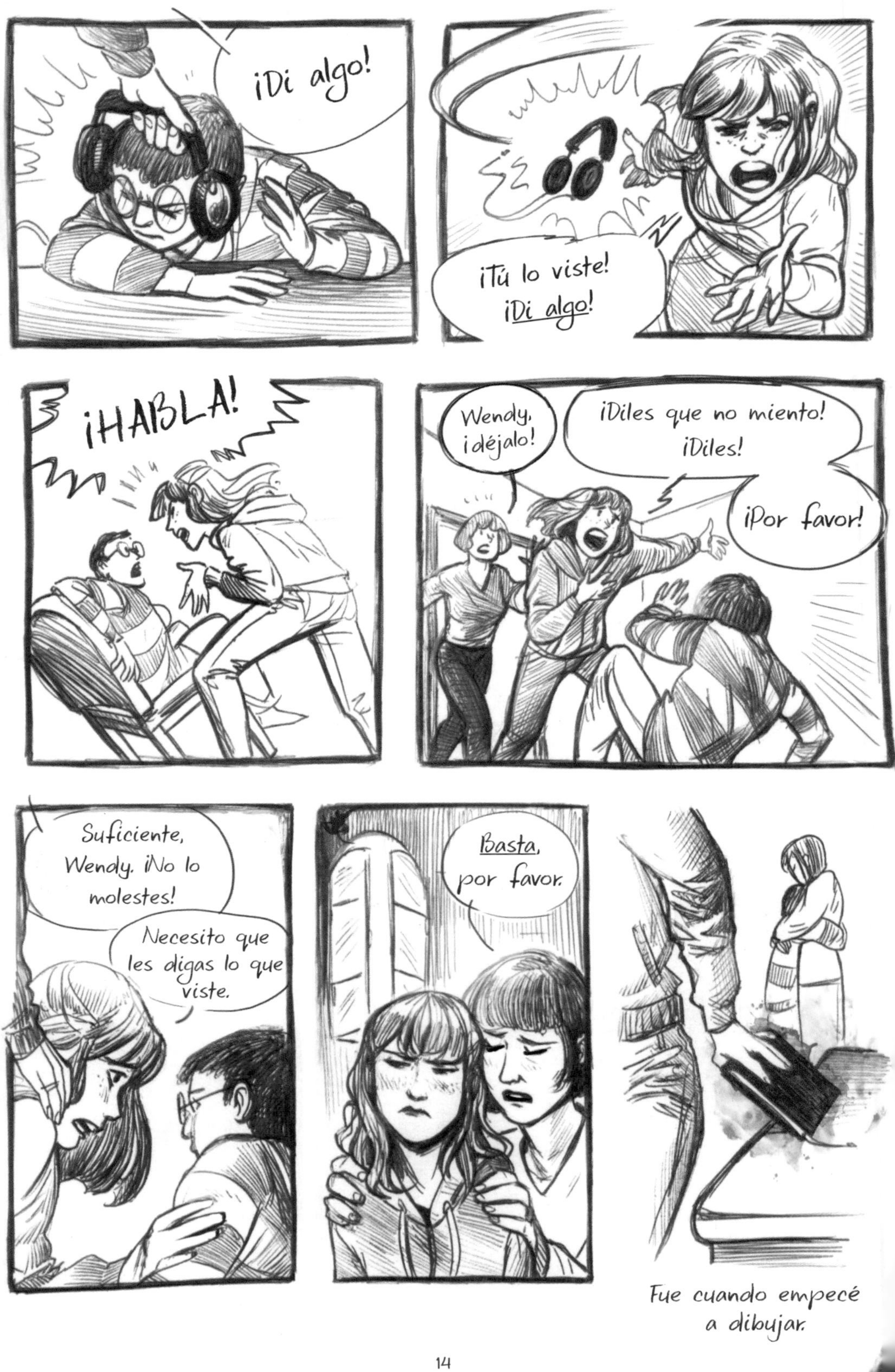
¡Di algo!
¡Tú lo viste! ¡Di algo!
¡HABLA!
Wendy, ¡déjalo!
¡Diles que no miento! ¡Diles!
¡Por favor!
Suficiente, Wendy. ¡No lo molestes!
Necesito que les digas lo que viste.
Basta, por favor.
Fue cuando empecé a dibujar.

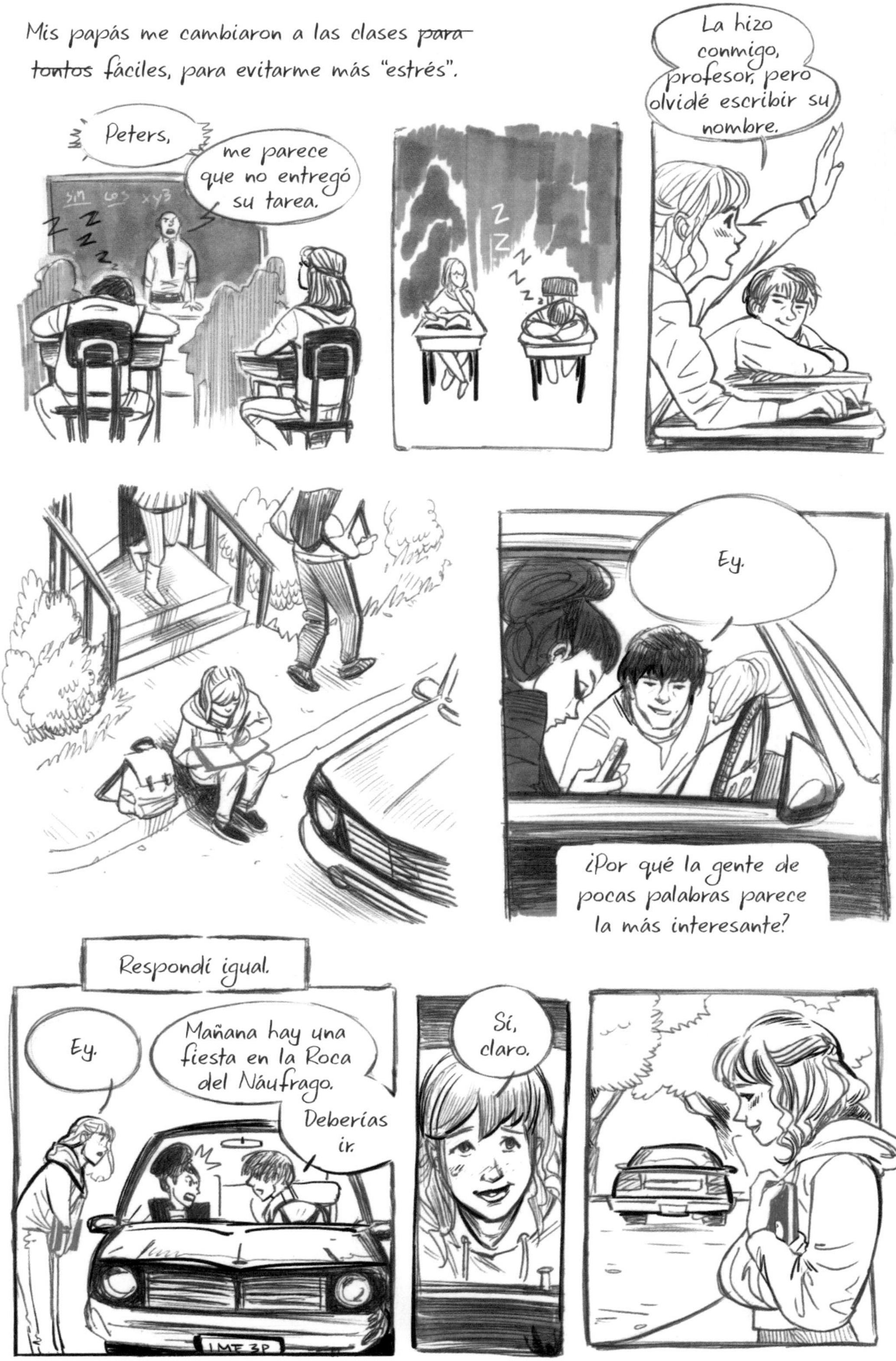
Mis papás me cambiaron a las clases ~~para tontos~~ fáciles, para evitarme más "estrés".
Peters,
me parece que no entregó su tarea.
La hizo conmigo, profesor, pero olvidé escribir su nombre.
Ey.
¿Por qué la gente de pocas palabras parece la más interesante?
Respondí igual.
Ey.
Mañana hay una fiesta en la Roca del Náufrago.
Deberías ir.
Sí, claro.

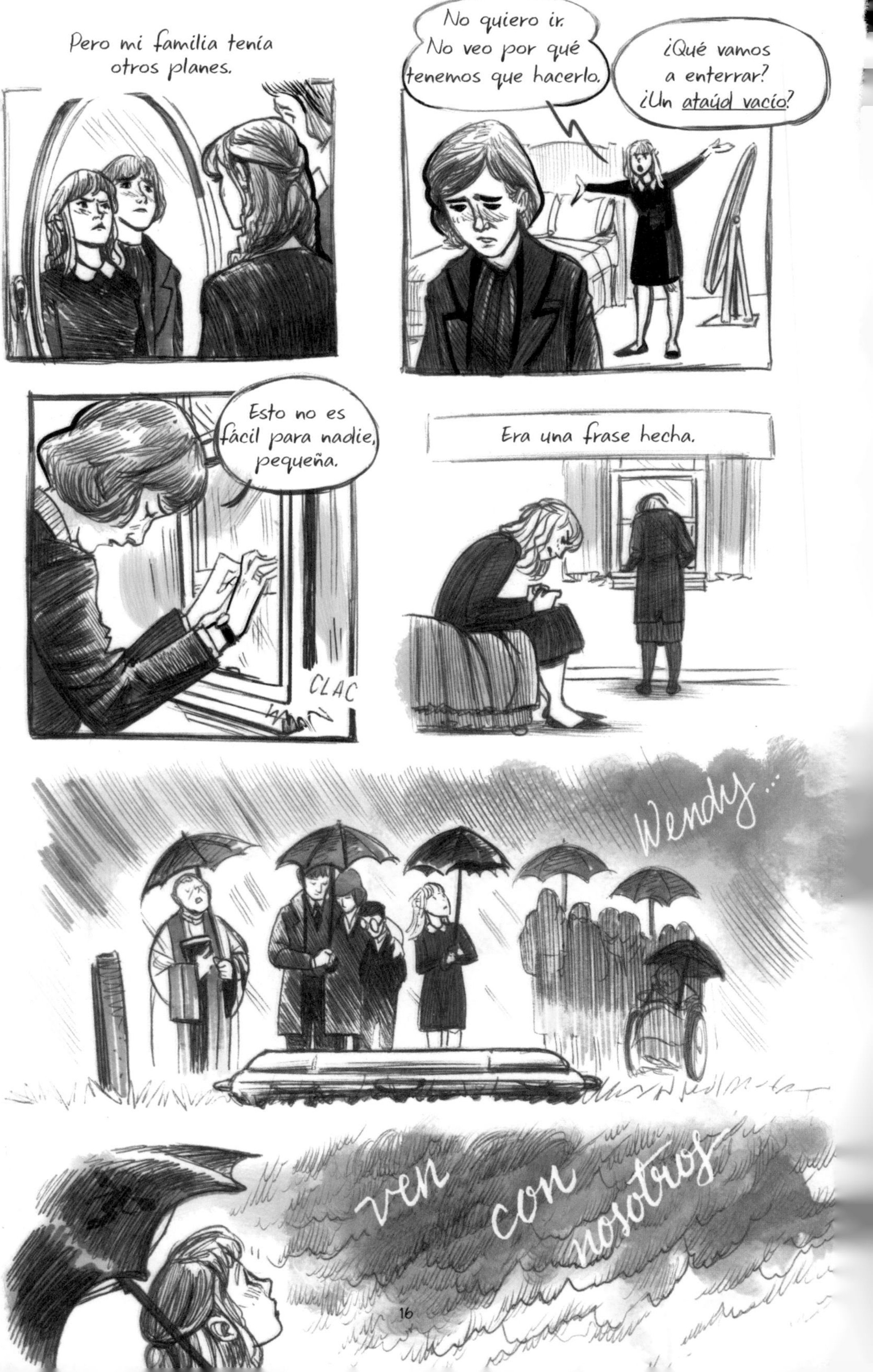
Pero mi familia tenía otros planes.
No quiero ir. No veo por qué tenemos que hacerlo.
¿Qué vamos a enterrar? ¿Un ataúd vacío?
Esto no es fácil para nadie, pequeña.
CLAC
Era una frase hecha.
Wendy...
ven con nosotros

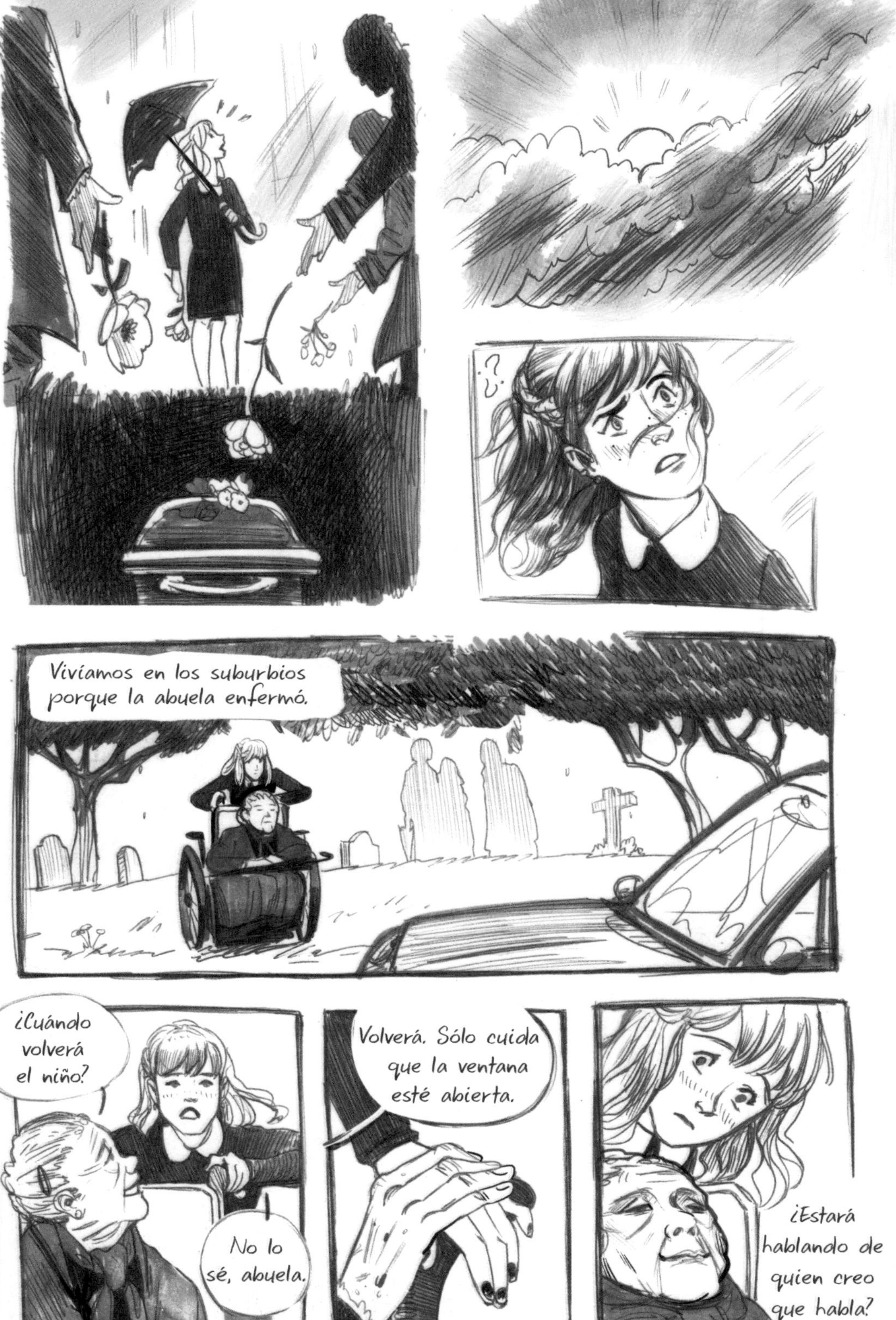
¿?
Vivíamos en los suburbios porque la abuela enfermó.
¿Cuándo volverá el niño?
No lo sé, abuela.
Volverá. Sólo cuida que la ventana esté abierta.
¿Estará hablando de quien creo que habla?

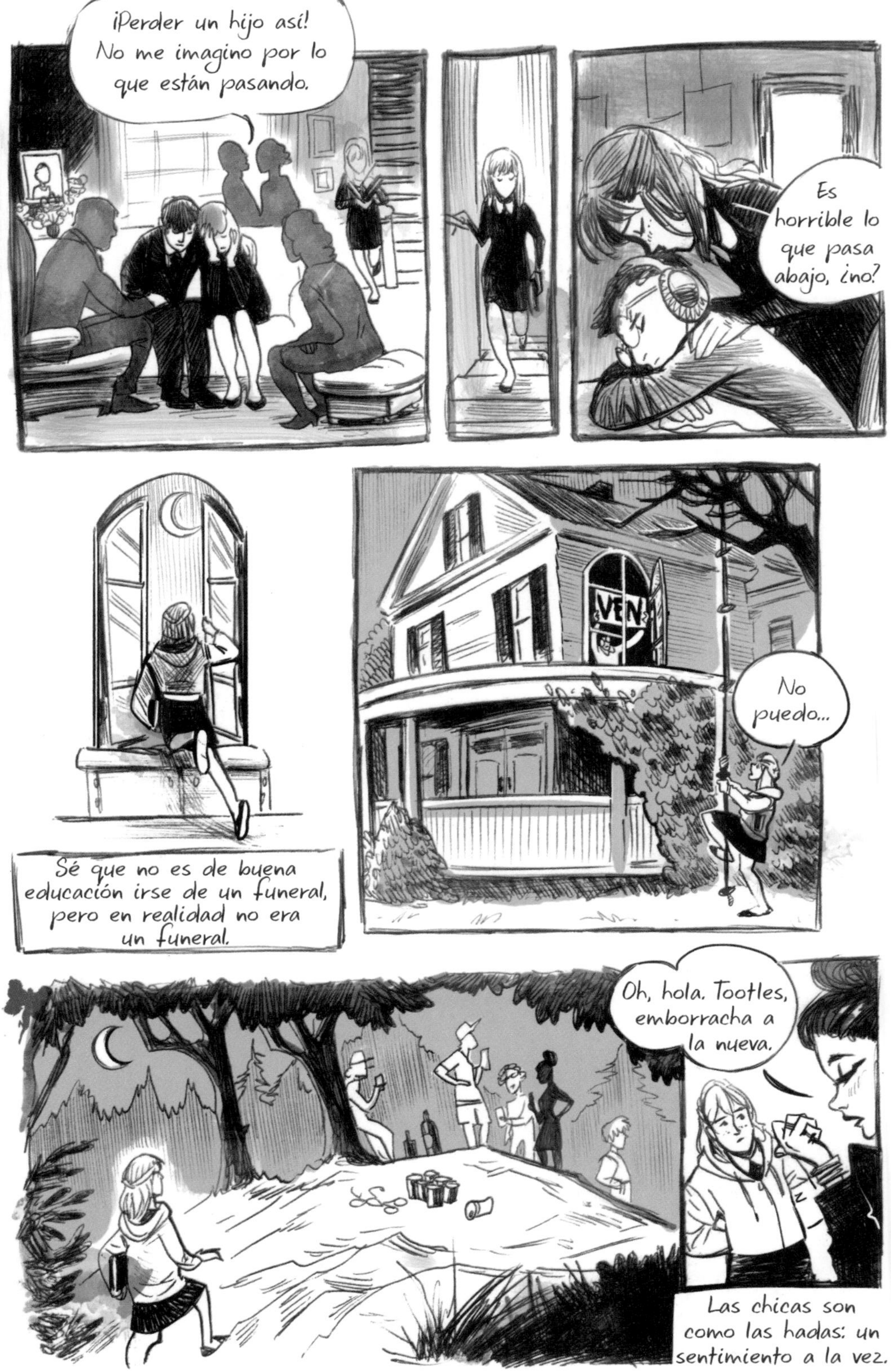
¡Perder un hijo así! No me imagino por lo que están pasando.
Es horrible lo que pasa abajo, ¿no?
Sé que no es de buena educación irse de un funeral, pero en realidad no era un funeral.
VEN
No puedo...
Oh, hola. Tootles, emborracha a la nueva.
Las chicas son como las hadas: un sentimiento a la vez.

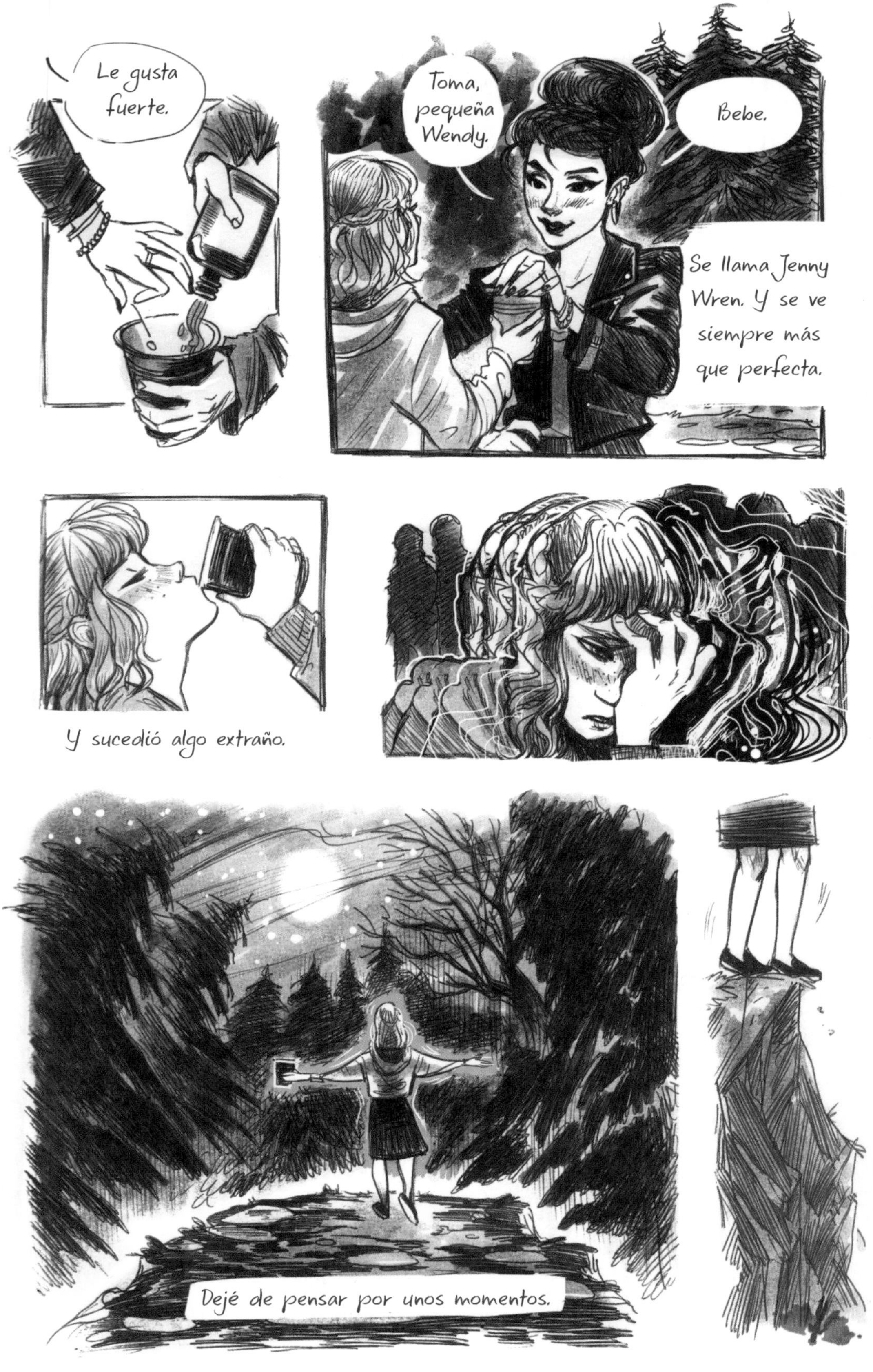
Le gusta fuerte.
Toma, pequeña Wendy.
Bebe.
Se llama Jenny Wren. Y se ve siempre más que perfecta.
Y sucedió algo extraño.
Dejé de pensar por unos momentos.

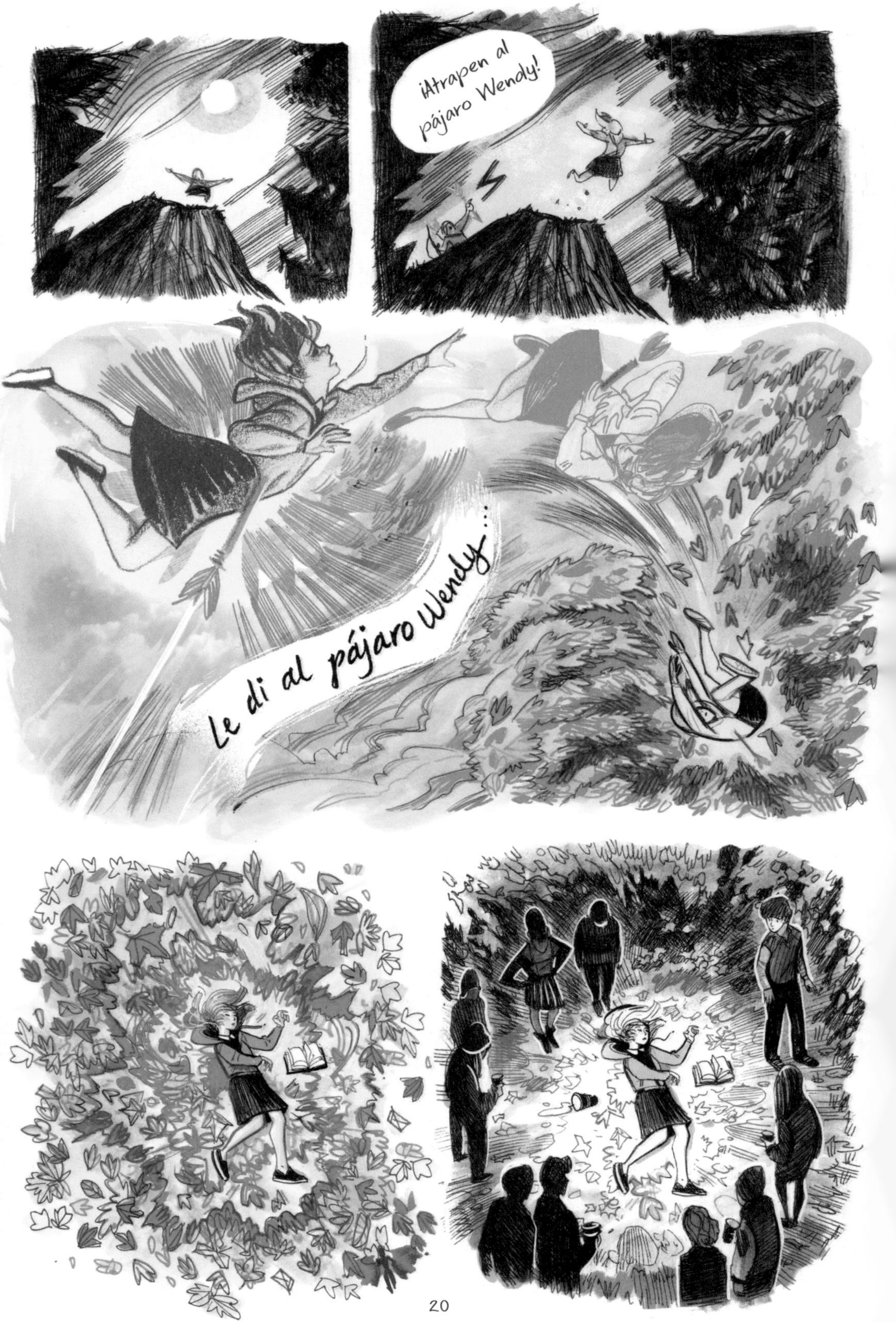
¡Atrapen al pájaro Wendy!
Le di al pájaro Wendy...

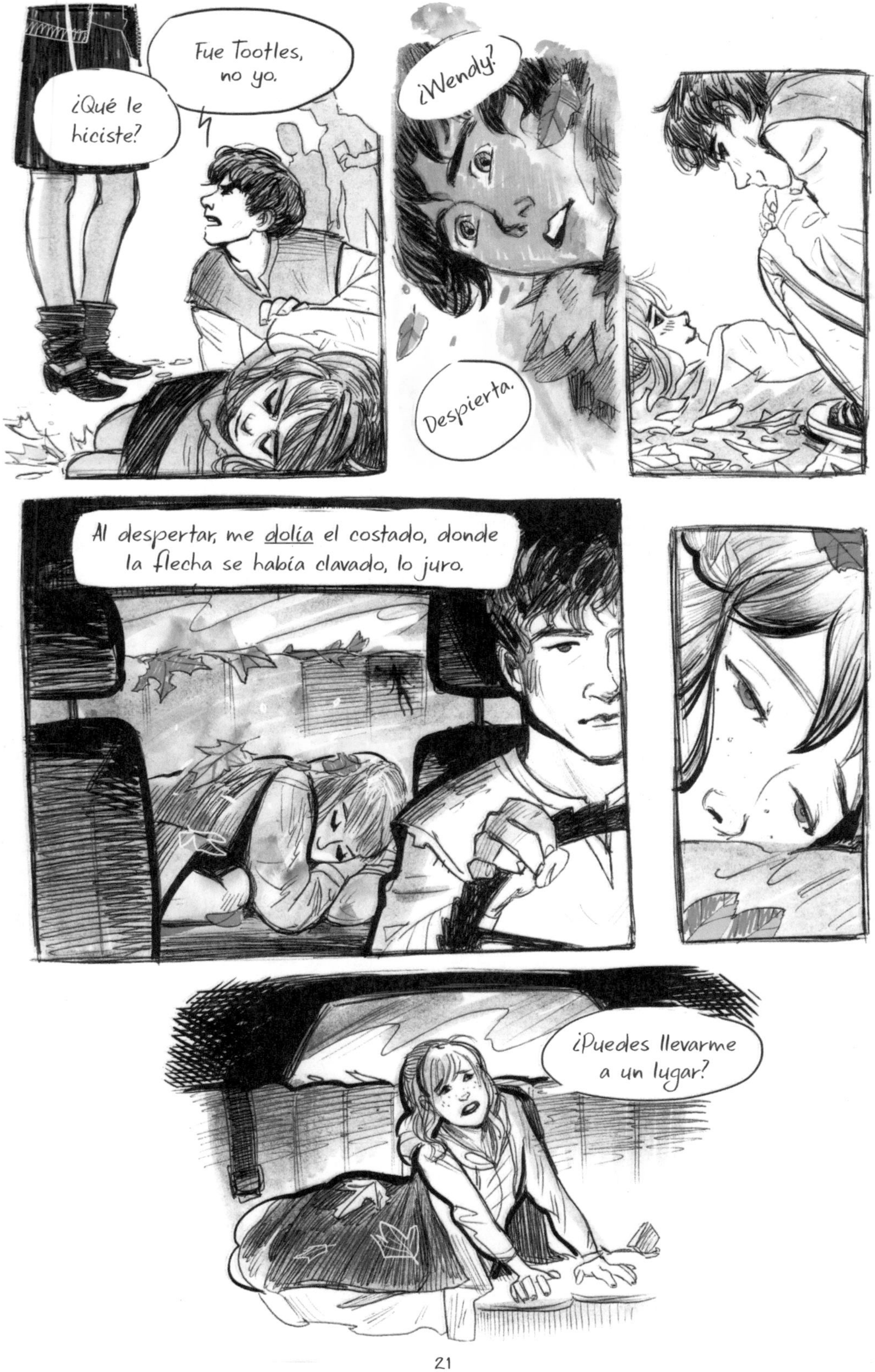
¿Qué le hiciste?
Fue Tootles, no yo.
¿Wendy?
Despierta.
Al despertar, me dolía el costado, donde la flecha se había clavado, lo juro.
¿Puedes llevarme a un lugar?

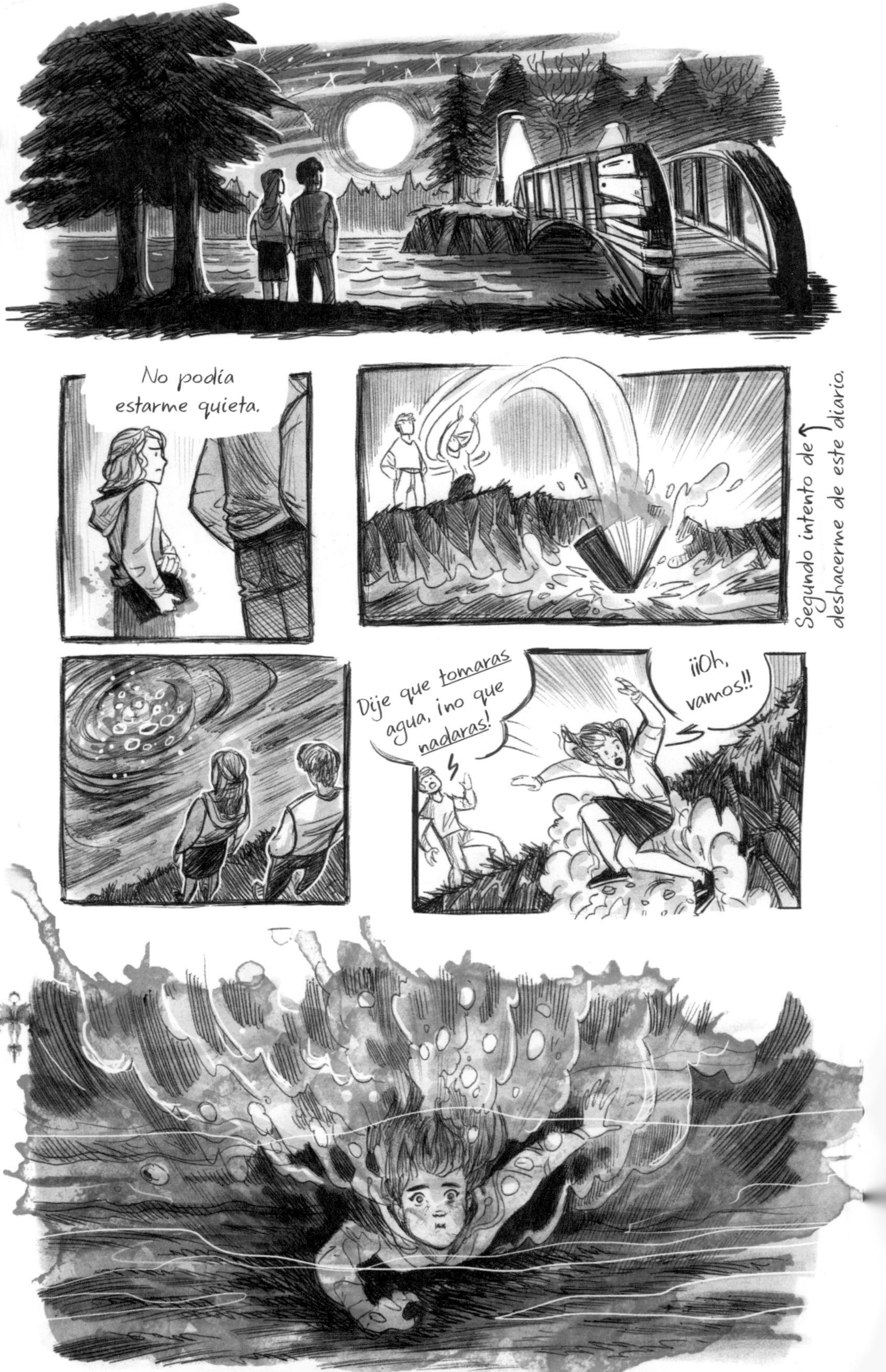

No podía estarme quieta.
Segundo intento de deshacerme de este diario.
Dije que tomaras agua, ¡no que nadaras!
¡¡Oh, vamos!!

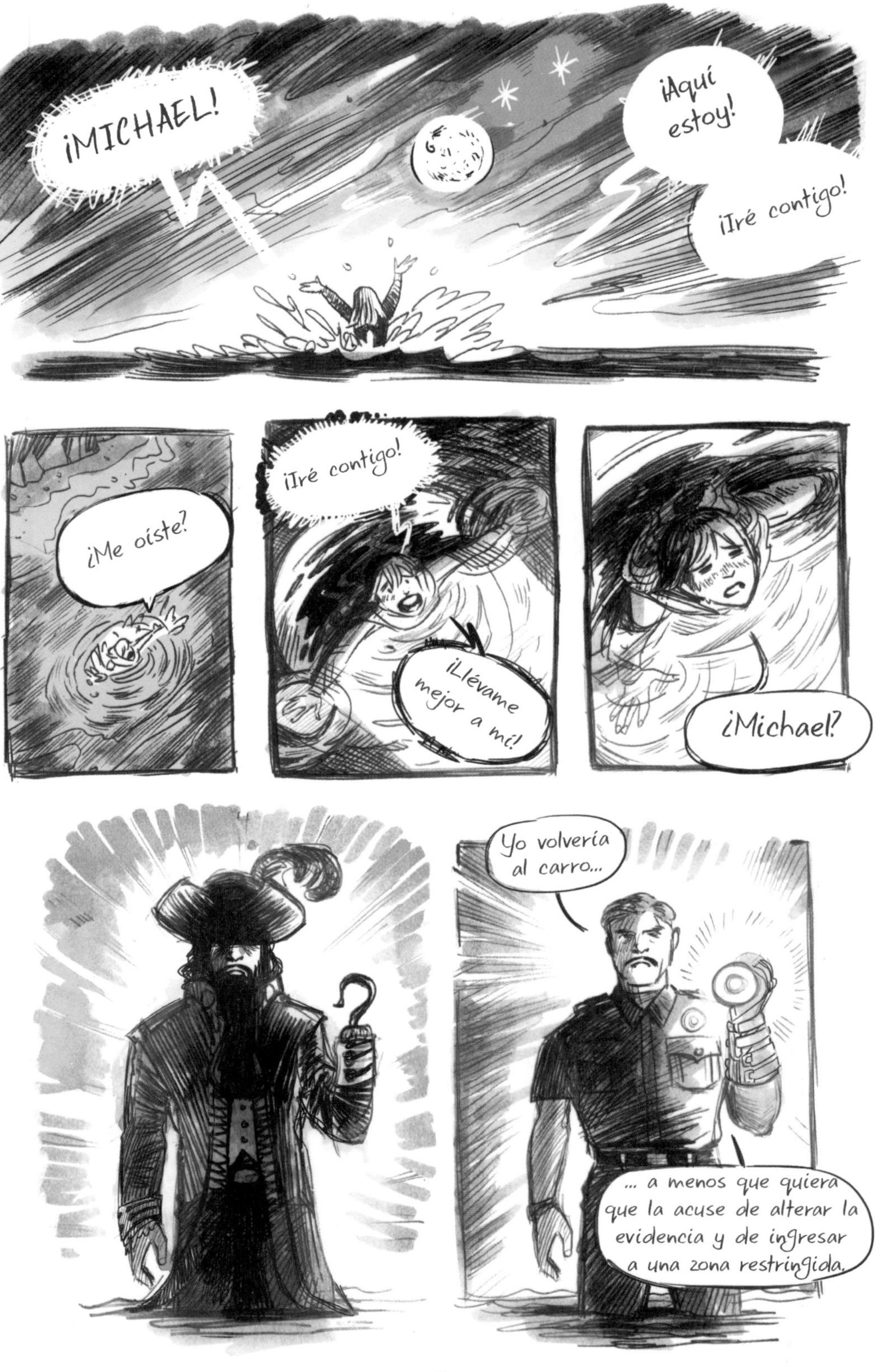
¡MICHAEL!
¡Aquí estoy!
¡Iré contigo!
¿Me oíste?
¡Iré contigo!
¡Llévame mejor a mí!
¿Michael?
Yo volvería al carro...
... a menos que quiera que la acuse de alterar la evidencia y de ingresar a una zona restringida.

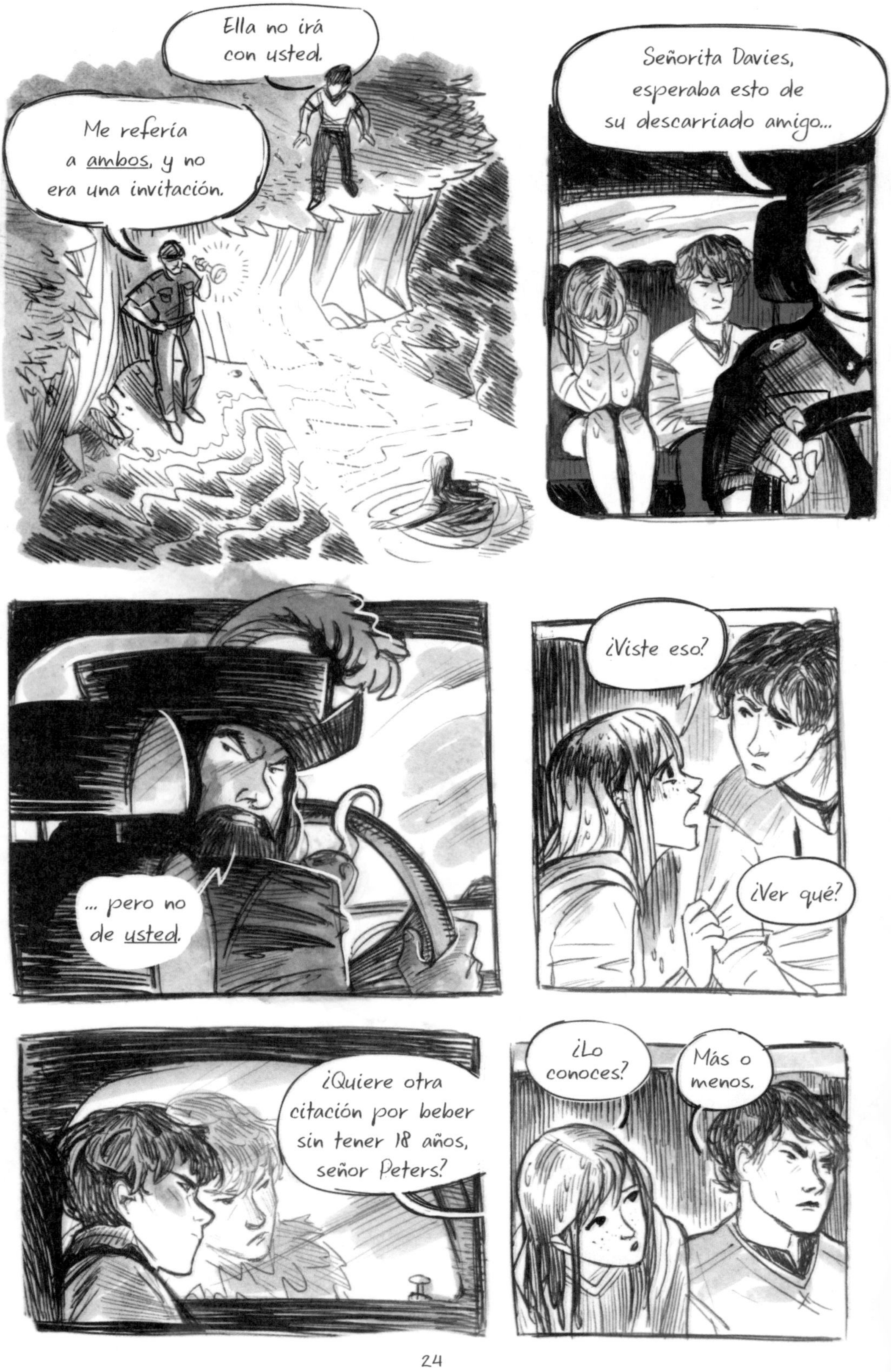
Ella no irá con usted.
Me refería a ambos, y no era una invitación.
Señorita Davies, esperaba esto de su descarriado amigo...
... pero no de usted.
¿Viste eso?
¿Ver qué?
¿Quiere otra citación por beber sin tener 18 años, señor Peters?
¿Lo conoces?
Más o menos.

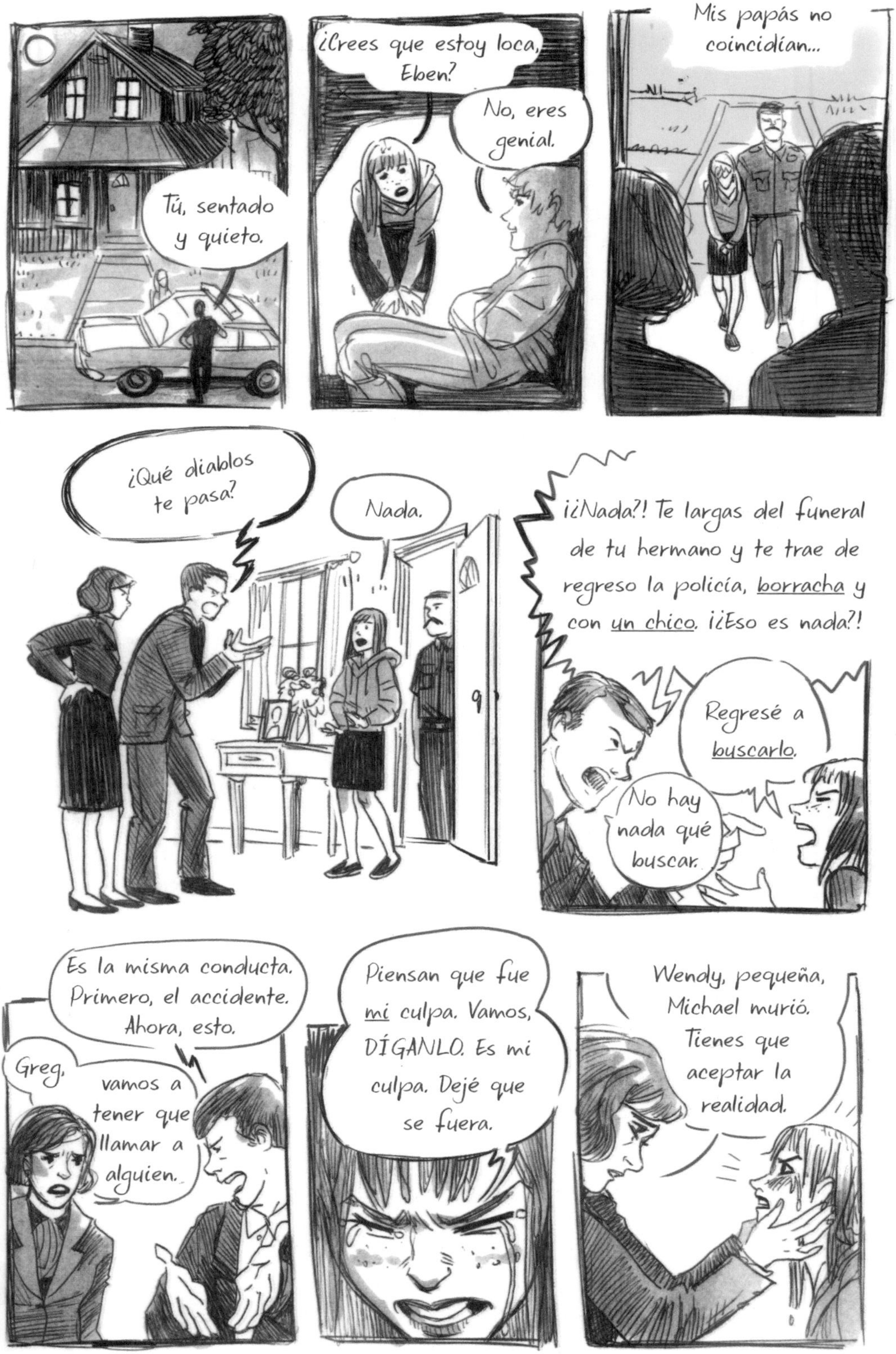
Tú, sentado y quieto.
¿Crees que estoy loca, Eben?
No, eres genial.
Mis papás no coincidían...
¿Qué diablos te pasa?
Nada.
¡¿Nada?! Te largas del funeral de tu hermano y te trae de regreso la policía, borracha y con un chico. ¡¿Eso es nada?!
Regresé a buscarlo.
No hay nada qué buscar.
Es la misma conducta. Primero, el accidente. Ahora, esto.
Greg,
vamos a tener que llamar a alguien.
Piensan que fue mi culpa. Vamos, DÍGANLO. Es mi culpa. Dejé que se fuera.
Wendy, pequeña, Michael murió. Tienes que aceptar la realidad.

Quizá tienen razón. Tal vez está muerto y yo me aferro a cuentos...

O quizá los cuentos se aferran a mí.

El diario ha vuelto, DE NUEVO.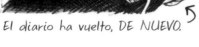

... Pan.

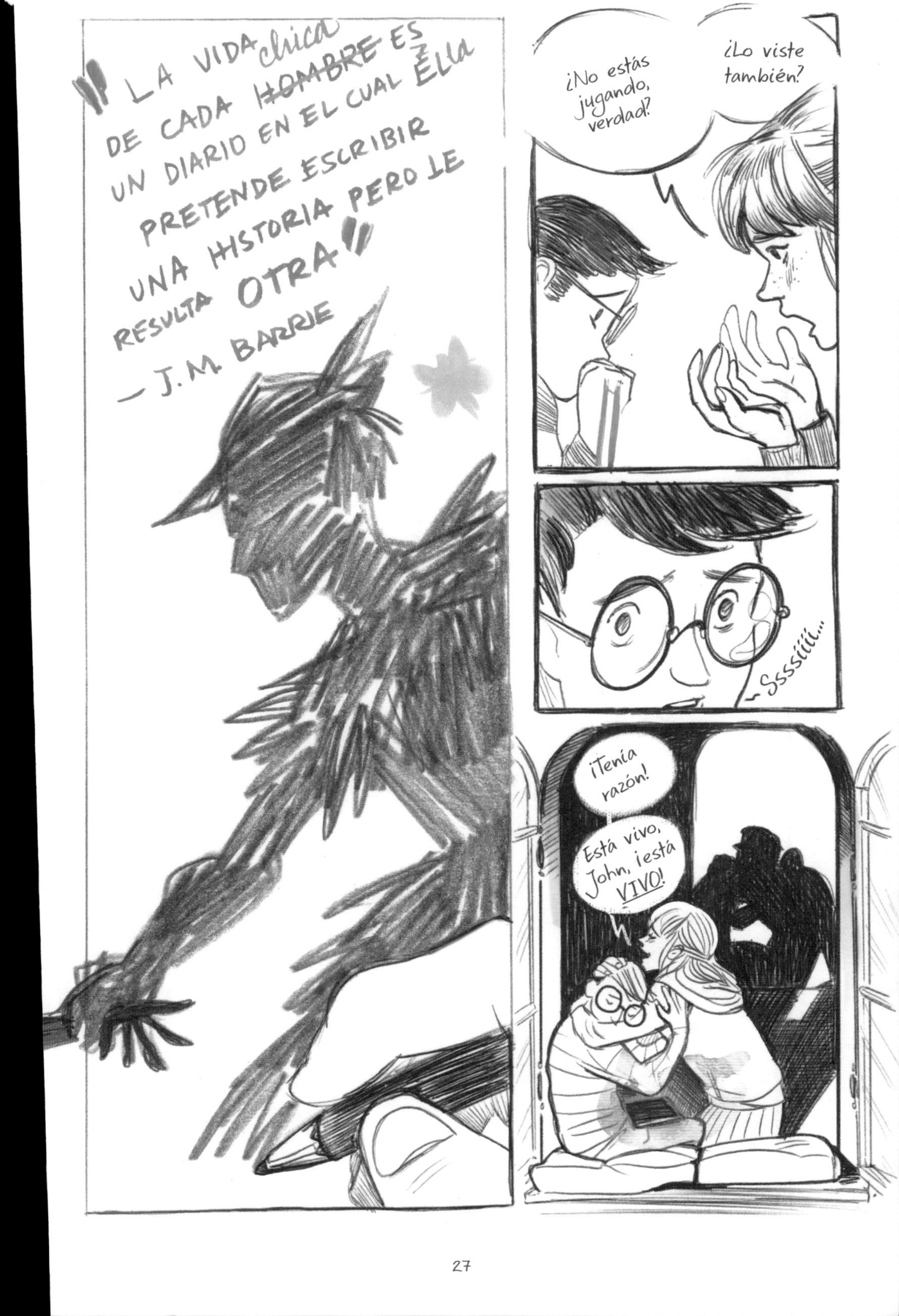
"LA VIDA chica DE CADA ~~HOMBRE~~ ES
UN DIARIO EN EL CUAL ~~ÉL~~ Ella
PRETENDE ESCRIBIR
UNA HISTORIA PERO LE
RESULTA OTRA"
— J.M. BARRIE
¿No estás jugando, verdad?
¿Lo viste también?
Sssííí...
¡Tenía razón!
Está vivo, John, ¡está VIVO!

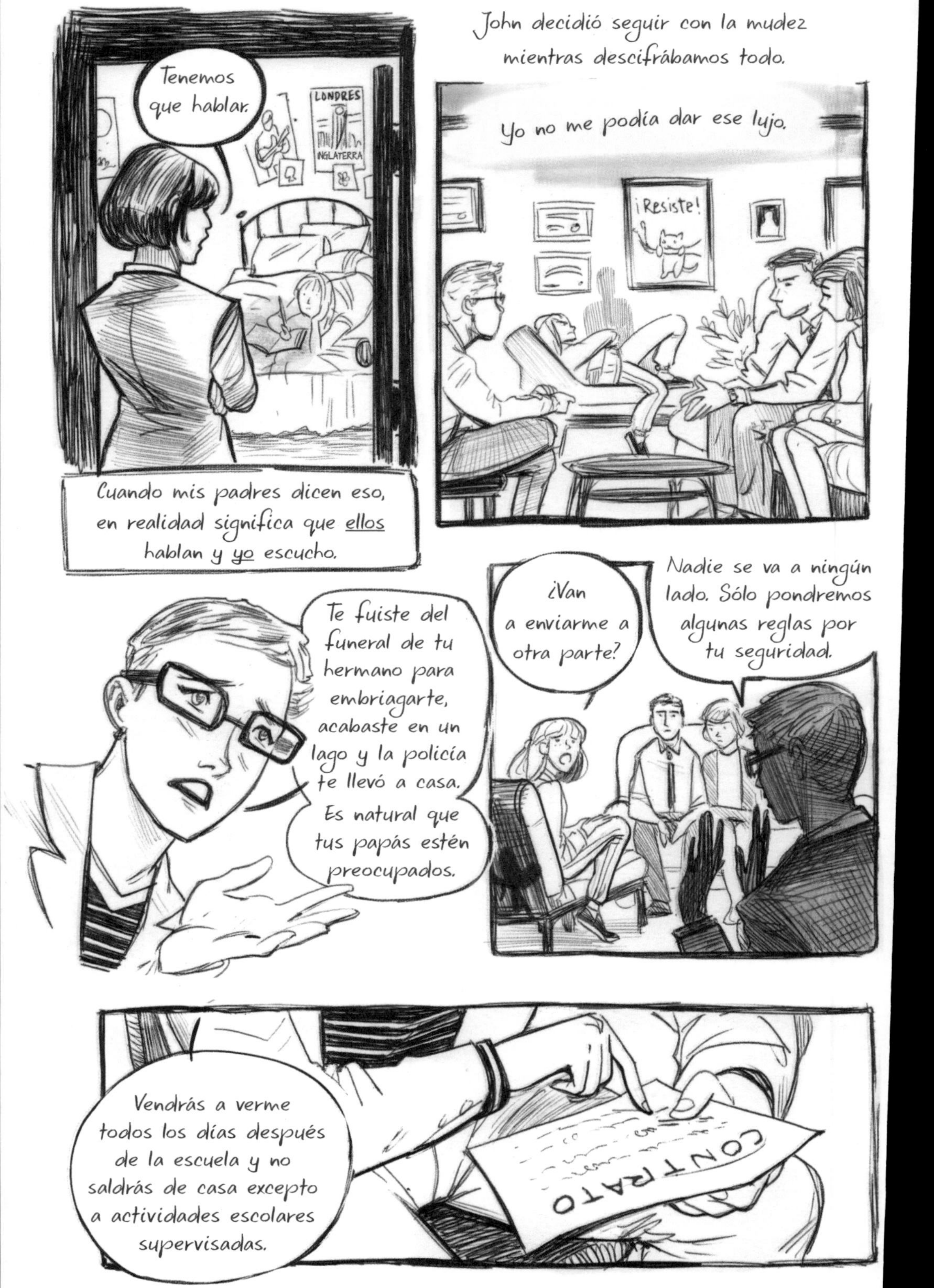
Tenemos que hablar.
LONDRES
INGLATERRA
Cuando mis padres dicen eso, en realidad significa que ellos hablan y yo escucho.
John decidió seguir con la mudez mientras descifrábamos todo.
Yo no me podía dar ese lujo.
¡Resiste!
Te fuiste del funeral de tu hermano para embriagarte, acabaste en un lago y la policía te llevó a casa.
Es natural que tus papás estén preocupados.
¿Van a enviarme a otra parte?
Nadie se va a ningún lado. Sólo pondremos algunas reglas por tu seguridad.
Vendrás a verme todos los días después de la escuela y no saldrás de casa excepto a actividades escolares supervisadas.
CONTRATO

¡Y tienes prohibido volver a ver a ese tal Eben!

¿Prohibido? ¡¿En qué siglo vivimos?!

El detective Barber cree que estuvo involucrado en el accidente.

¡No!

Había unos chicos tirando piedras desde el puente esa noche. La policía cree que tu amigo era uno de ellos.

Era inútil hablar con ellos. Preferí callarme.

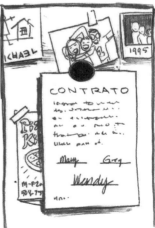

CONTRATO

Me hicieron firmar el contrato y lo pusimos en el refri, como para hacerlo oficial.

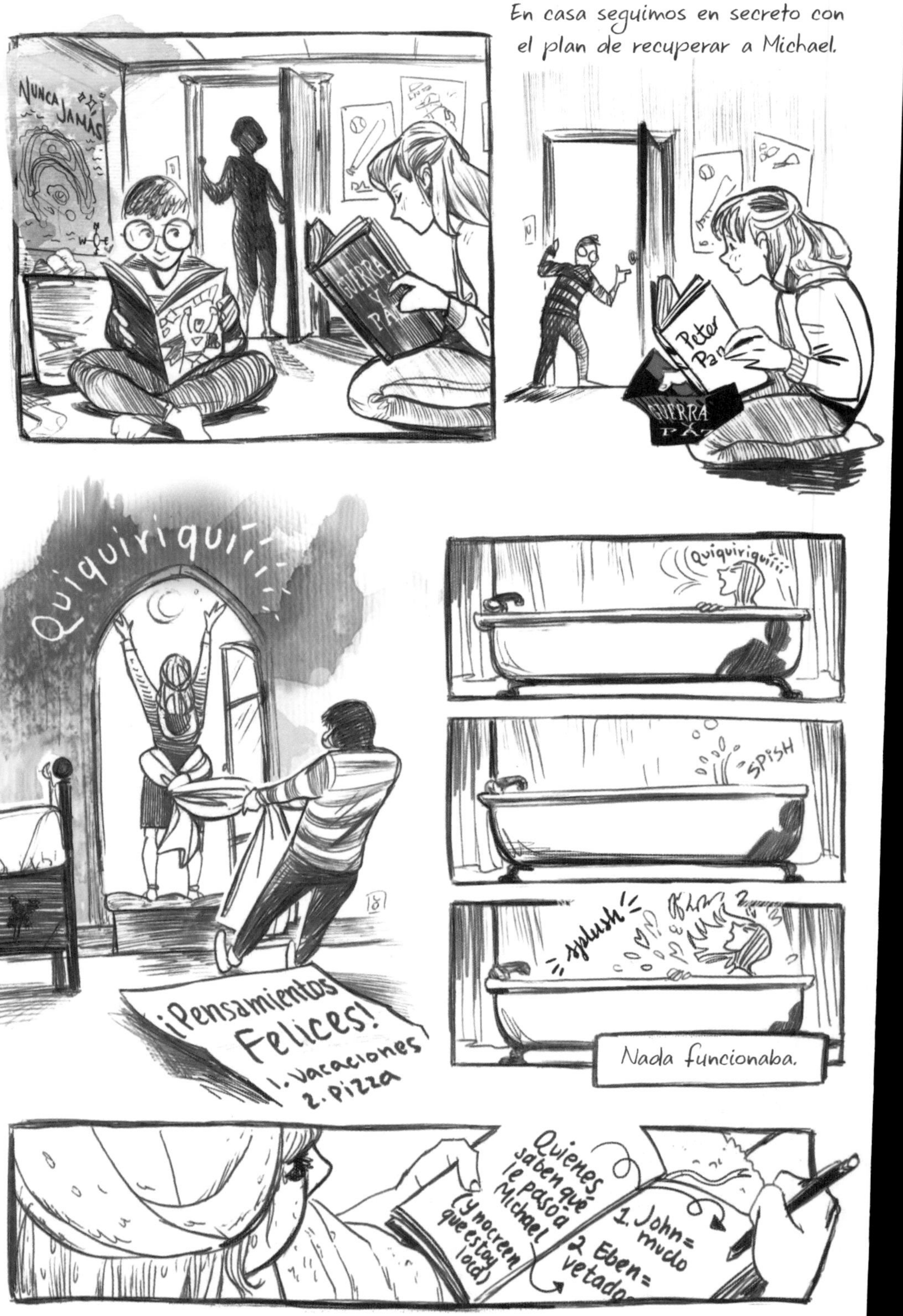
En casa seguimos en secreto con el plan de recuperar a Michael.
NUNCA JAMÁS
GUERRA Y PAZ
Peter Pan
GUERRA Y PAZ
Quiquiriquí
¡Pensamientos Felices!
1. Vacaciones
2. Pizza
Quiquiriquí
SPISH
splush
Nada funcionaba.
Quienes saben qué le pasó a Michael (y no creen que estoy loca)
1. John = mudo
2. Eben = vetado

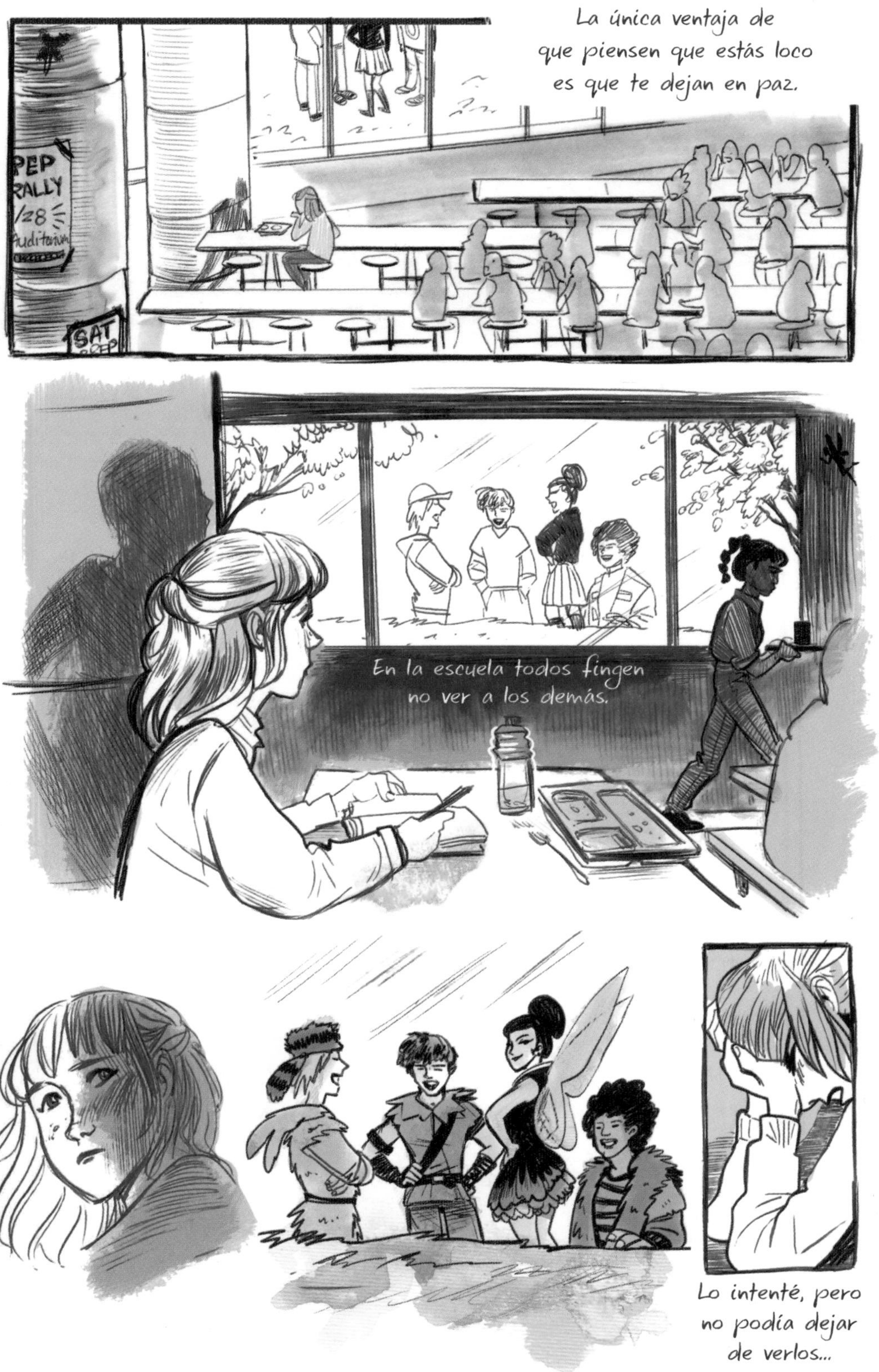
La única ventaja de que piensen que estás loco es que te dejan en paz.
PEP RALLY
SAT
En la escuela todos fingen no ver a los demás.
Lo intenté, pero no podía dejar de verlos...

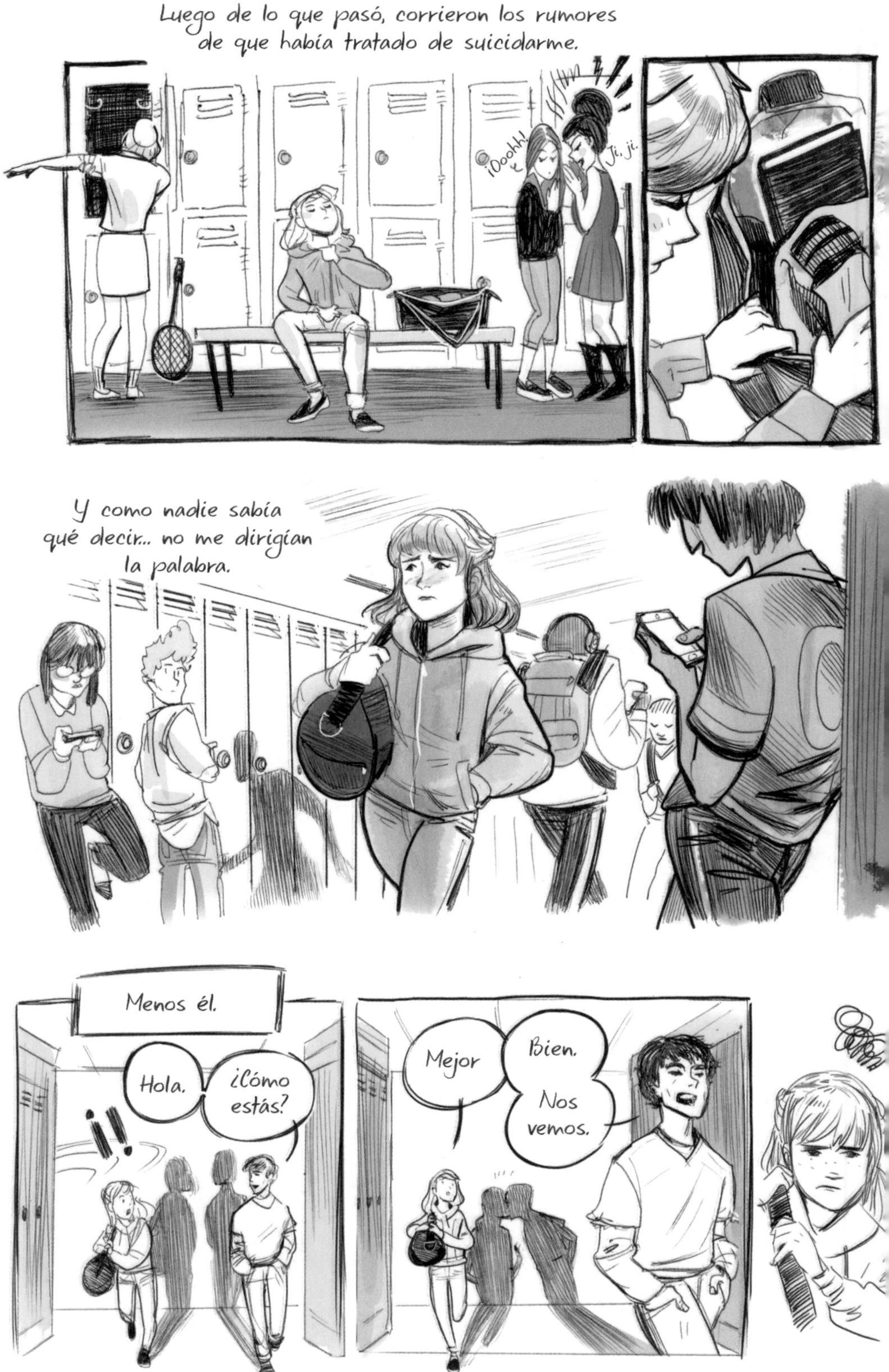
Luego de lo que pasó, corrieron los rumores de que había tratado de suicidarme.
¡Ooohh!
Ji, ji.
Y como nadie sabía qué decir... no me dirigían la palabra.
Menos él.
¡!
Hola.
¿Cómo estás?
Mejor
Bien.
Nos vemos.

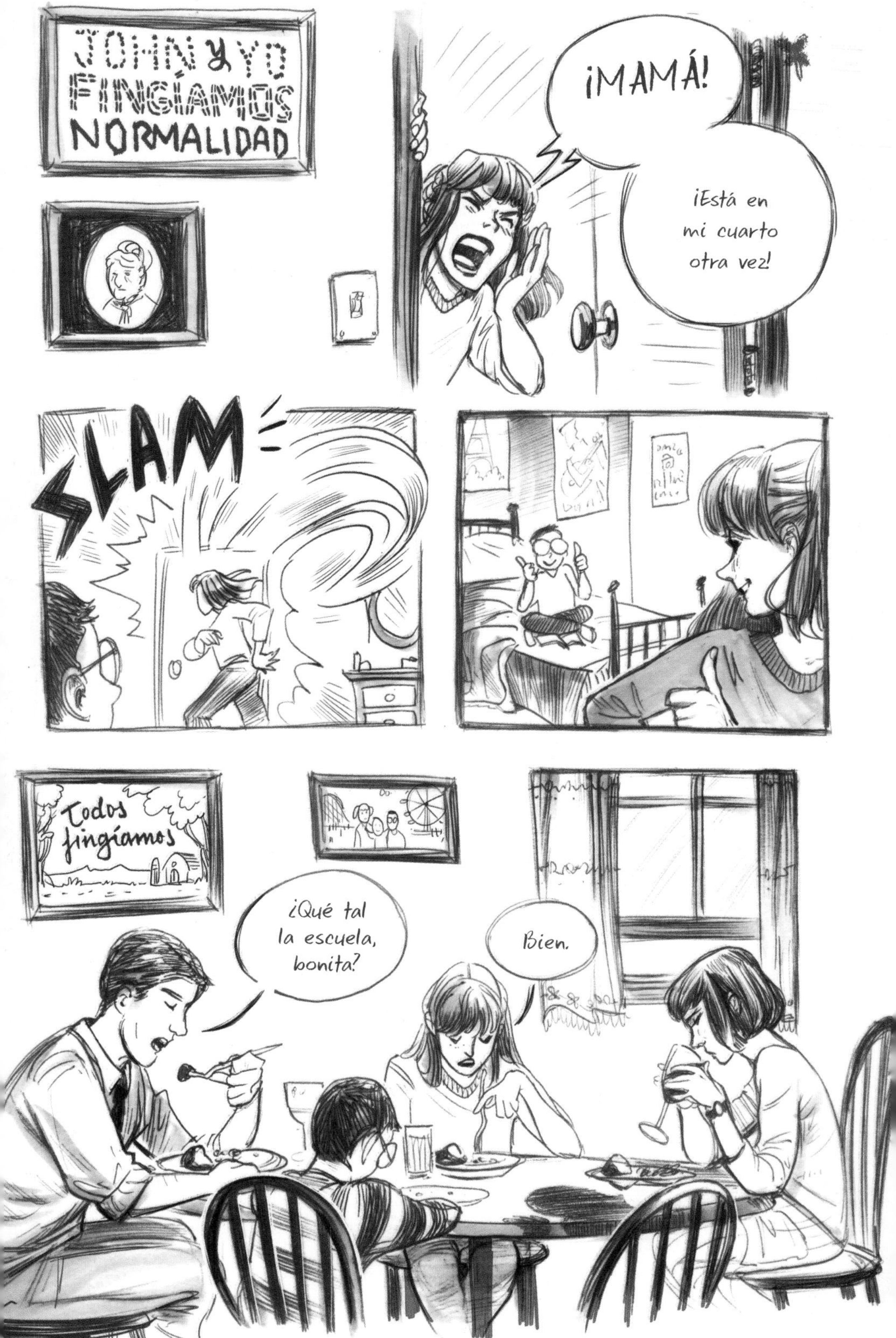
JOHN Y YO FINGÍAMOS NORMALIDAD
¡MAMÁ!
¡Está en mi cuarto otra vez!
SLAM
Todos fingíamos
¿Qué tal la escuela, bonita?
Bien.

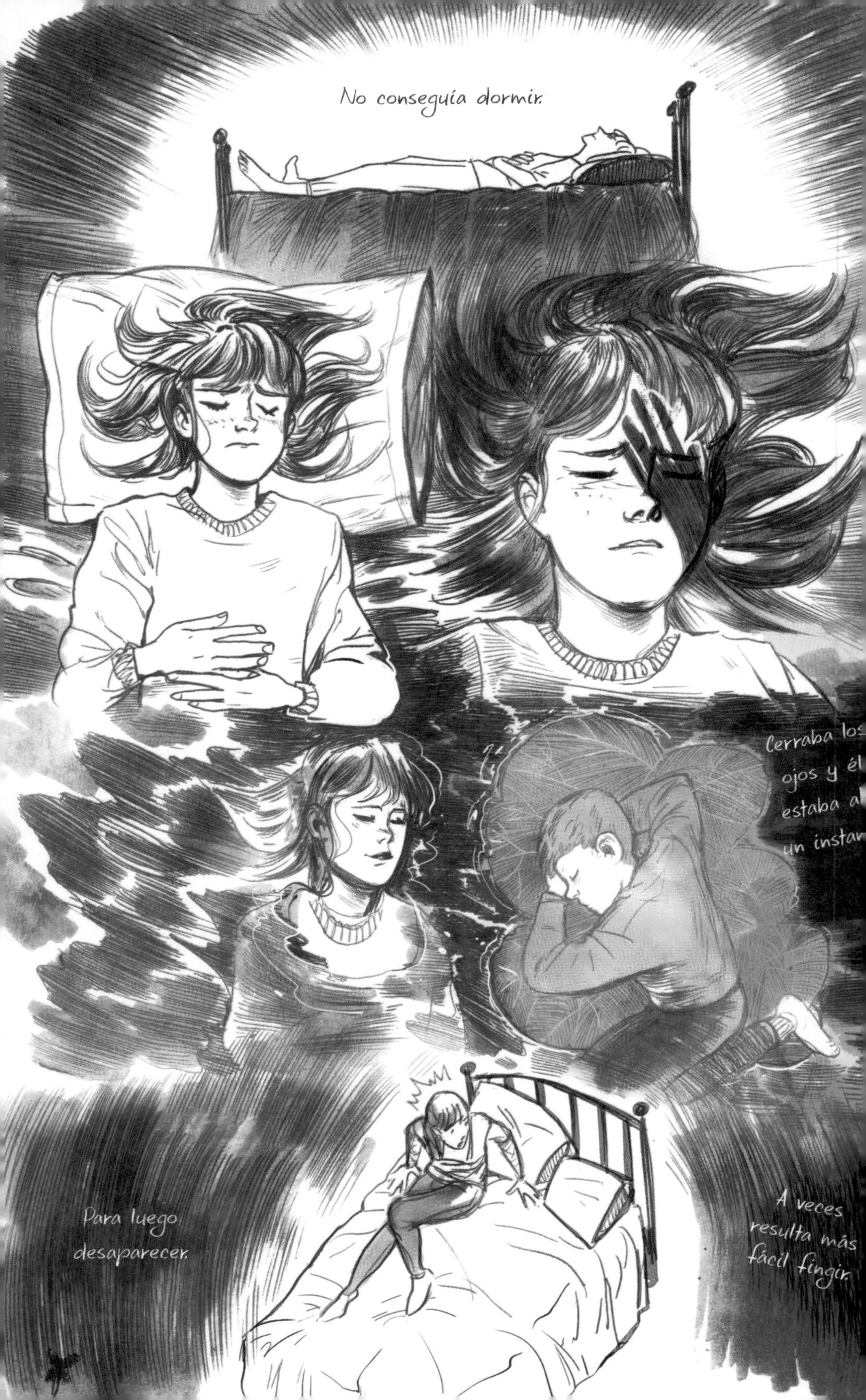
No conseguía dormir.
Cerraba los
ojos y él
estaba a
un instan
Para luego
desaparecer.
A veces
resulta más
fácil fingir.

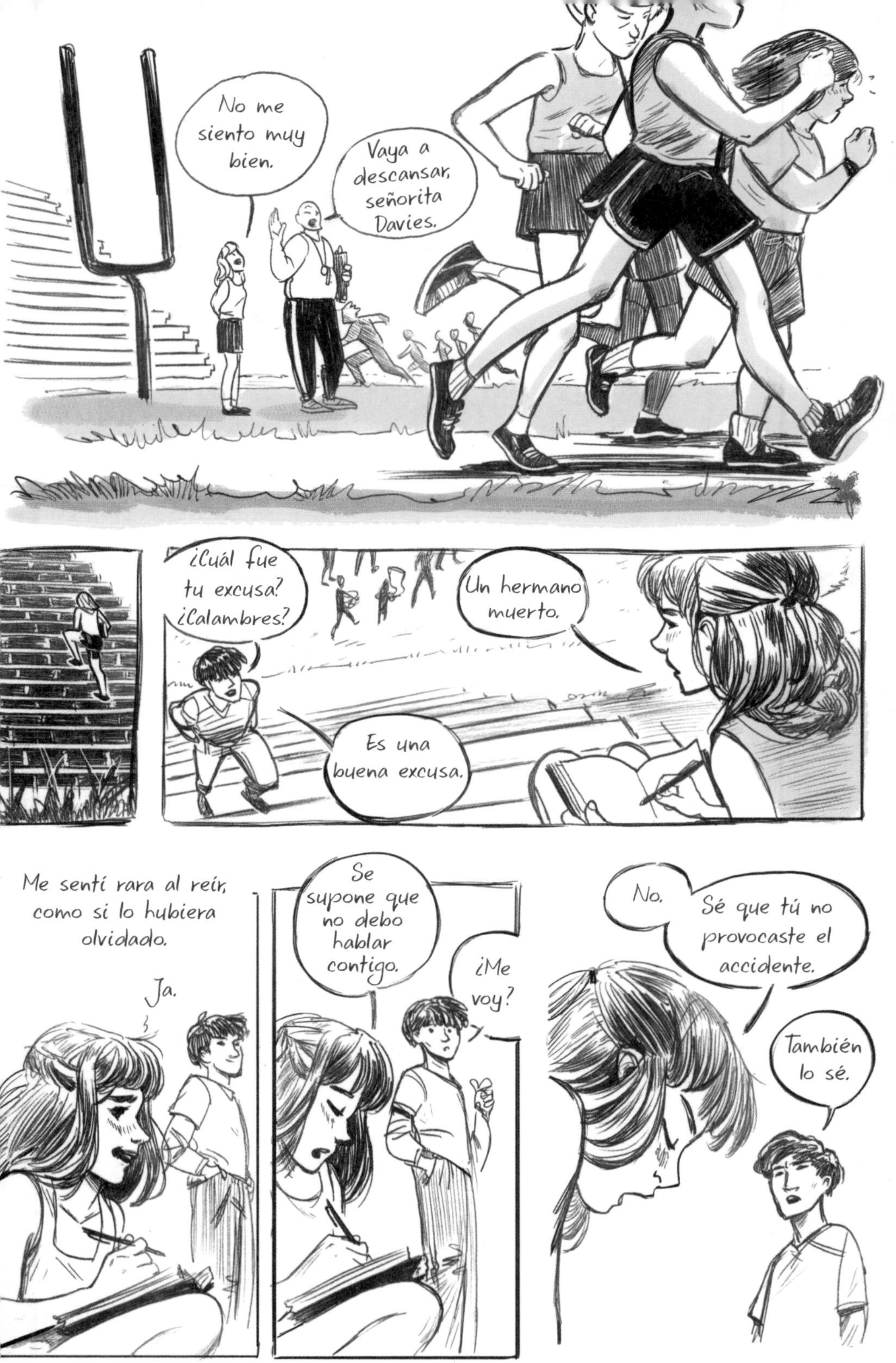
No me siento muy bien.
Vaya a descansar, señorita Davies.
¿Cuál fue tu excusa? ¿Calambres?
Un hermano muerto.
Es una buena excusa.
Me sentí rara al reír, como si lo hubiera olvidado.
Ja.
Se supone que no debo hablar contigo.
¿Me voy?
No.
Sé que tú no provocaste el accidente.
También lo sé.

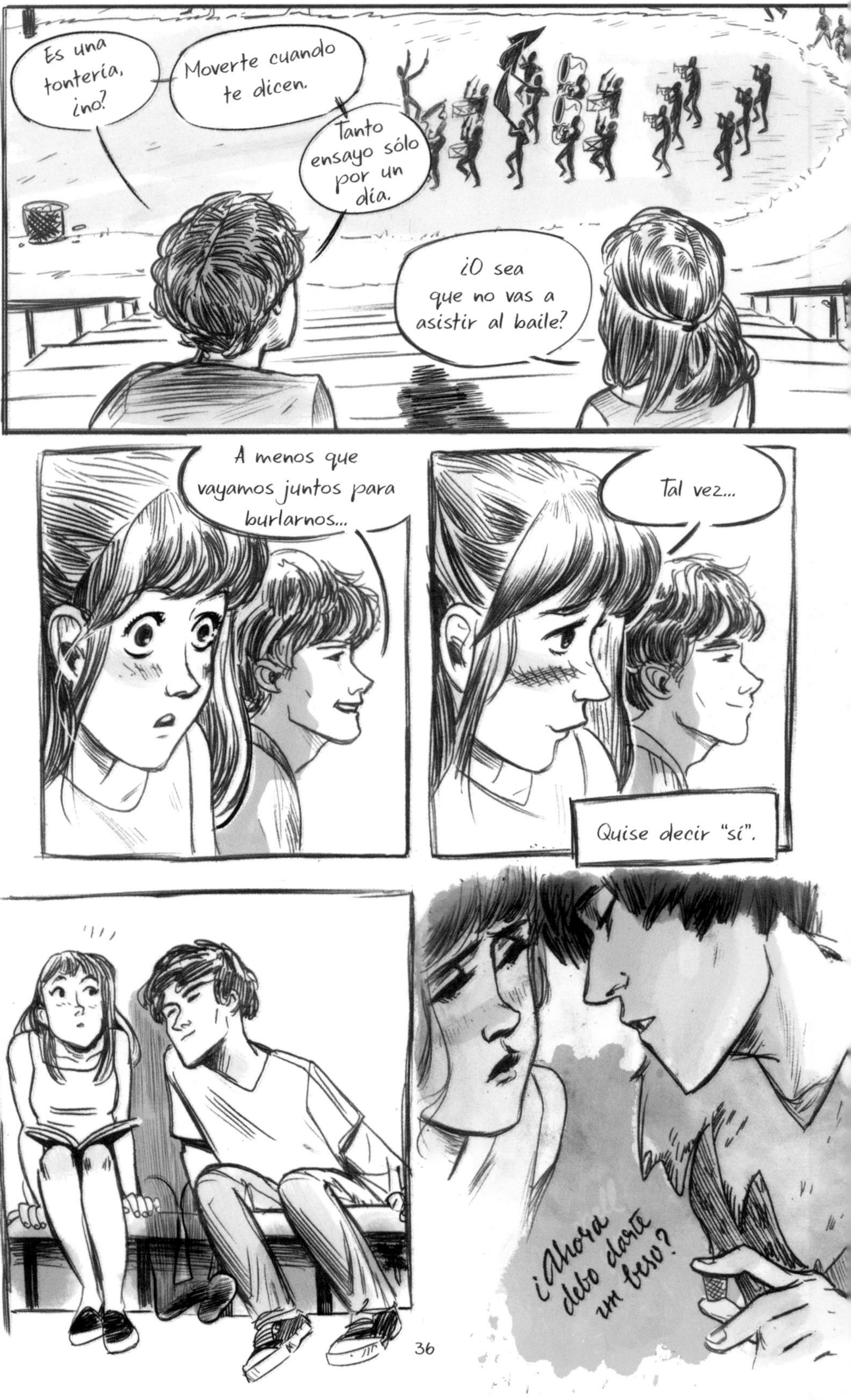
Es una tontería, ¿no?
Moverte cuando te dicen.
Tanto ensayo sólo por un día.
¿O sea que no vas a asistir al baile?
A menos que vayamos juntos para burlarnos...
Tal vez...
Quise decir "sí".
¡¡¡
¿Ahora debo darte un beso?

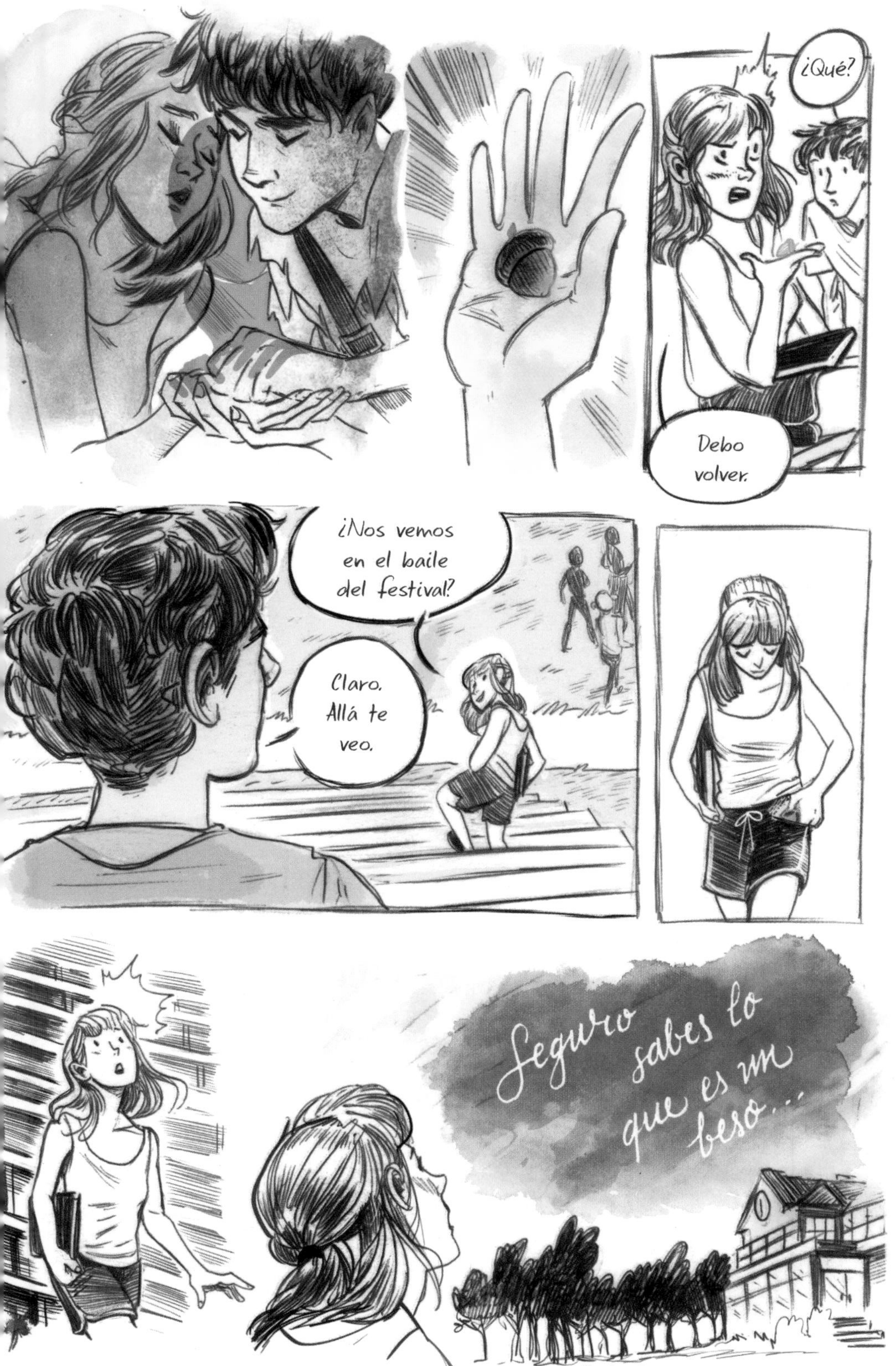
¿Qué?
Debo volver.
¿Nos vemos en el baile del festival?
Claro. Allá te veo.
Seguro sabes lo que es un beso...

Dra. ComoseLlame

yo

a veces me
siento así

¿Me explicas qué significa esto?

Pensé que el trato era que yo dibujaba y no tenía que hablar.

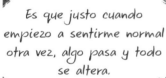

Podemos hablar,

o permanecer en silencio,

durante una hora.

Es que justo cuando empiezo a sentirme normal otra vez, algo pasa y todo se altera.

Es normal, estás en duelo.

No puedo dejar de pensar en él.

No _era_ normal.

No estaba segura de a cuál _él_ me refería...

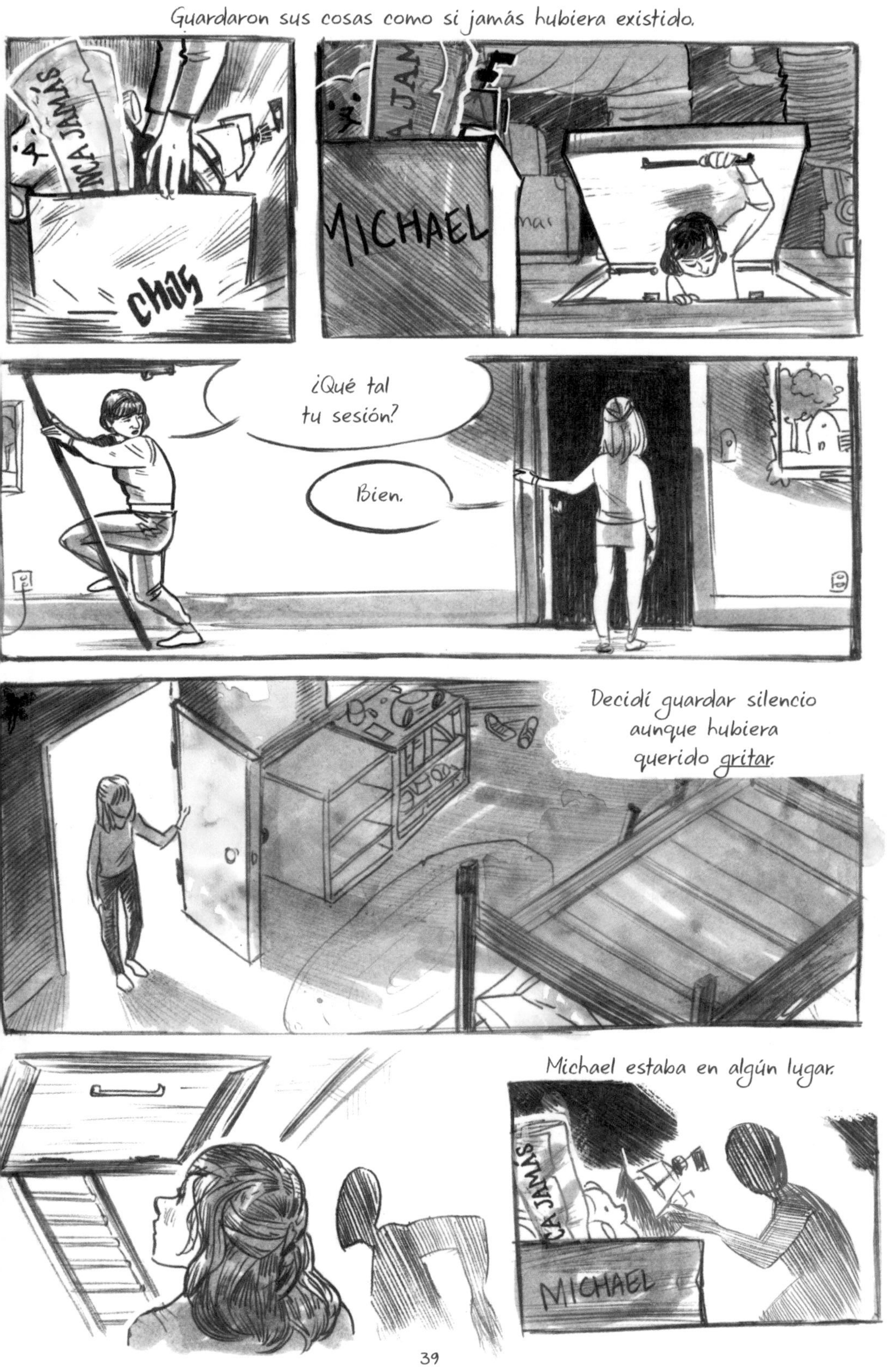
Guardaron sus cosas como si jamás hubiera existido.
chas
MICHAEL
¿Qué tal tu sesión?
Bien.
Decidí guardar silencio aunque hubiera querido gritar.
Michael estaba en algún lugar.
MICHAEL

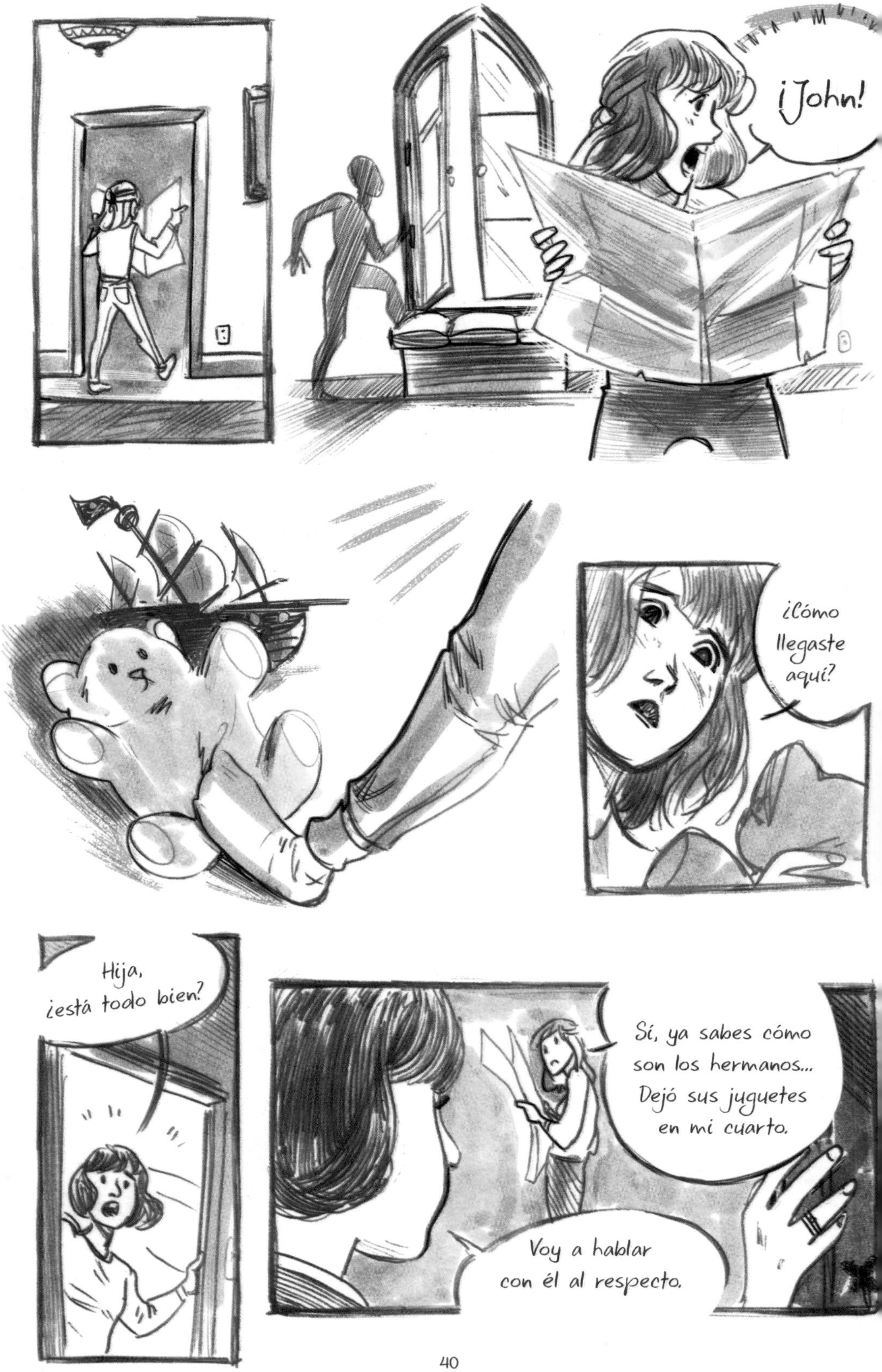
¡John!
¿Cómo llegaste aquí?
Hija, ¿está todo bien?
Sí, ya sabes cómo son los hermanos... Dejó sus juguetes en mi cuarto.
Voy a hablar con él al respecto.

Con mis papás, opté por usar estrategia...

Mis amigos van al baile de bienvenida el sábado,

¿puedo ir con ellos?

Ha asistido a sus sesiones y dijimos que podía ir a eventos escolares supervisados...

No sé.

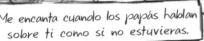

Me encanta cuando los papás hablan sobre ti como si no estuvieras.

Te la pasas diciendo que debería divertirse más...

¡Está bien!

¡Gracias, papá!

Pero yo te dejo en la puerta y yo paso por ti.

Si te retrasas un minuto, mando perros de caza.

Sólo tenemos un perro.

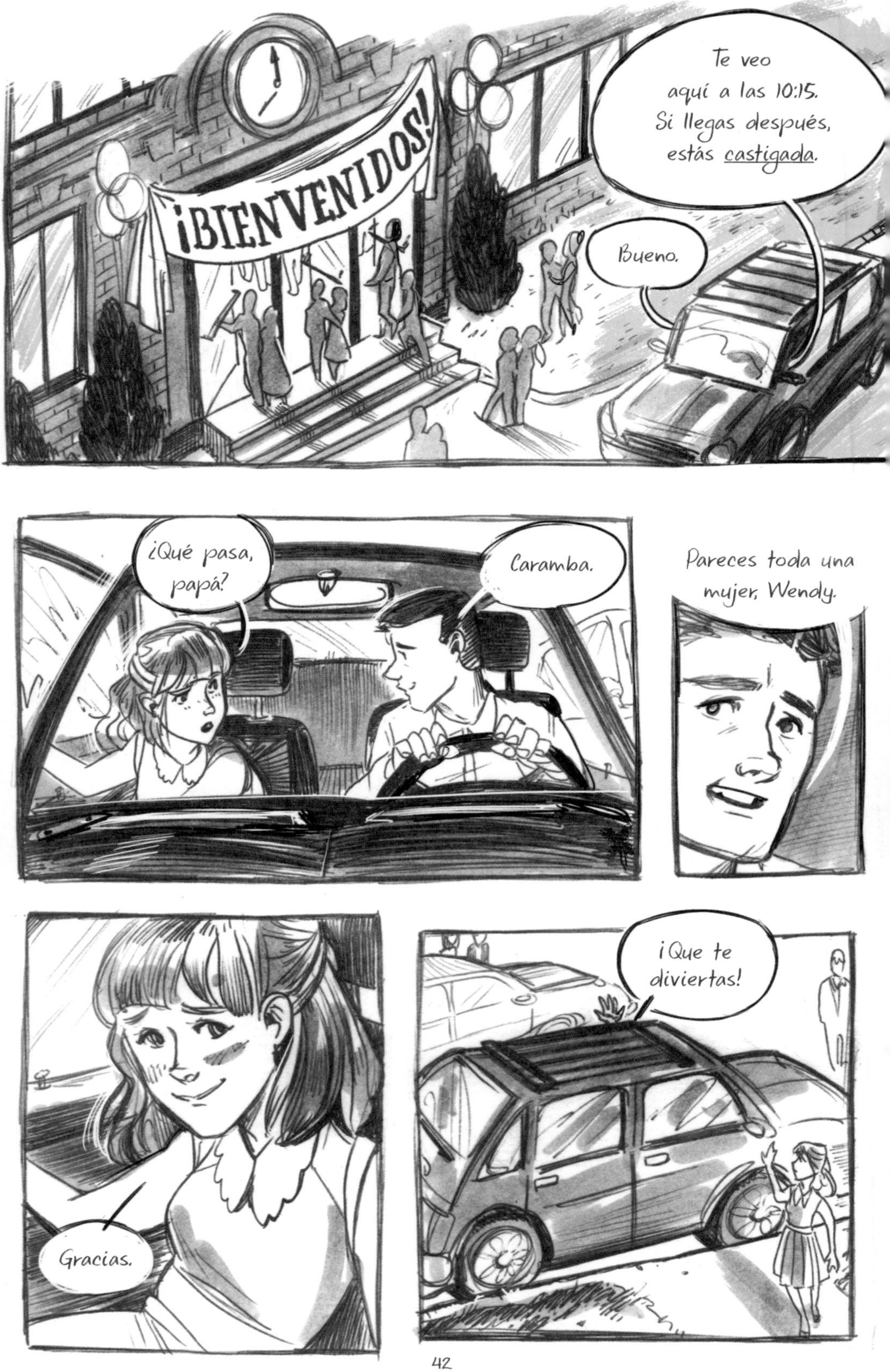
¡BIENVENIDOS!
Te veo aquí a las 10:15. Si llegas después, estás castigada.
Bueno.
¿Qué pasa, papá?
Caramba.
Pareces toda una mujer, Wendy.
Gracias.
¡Que te diviertas!

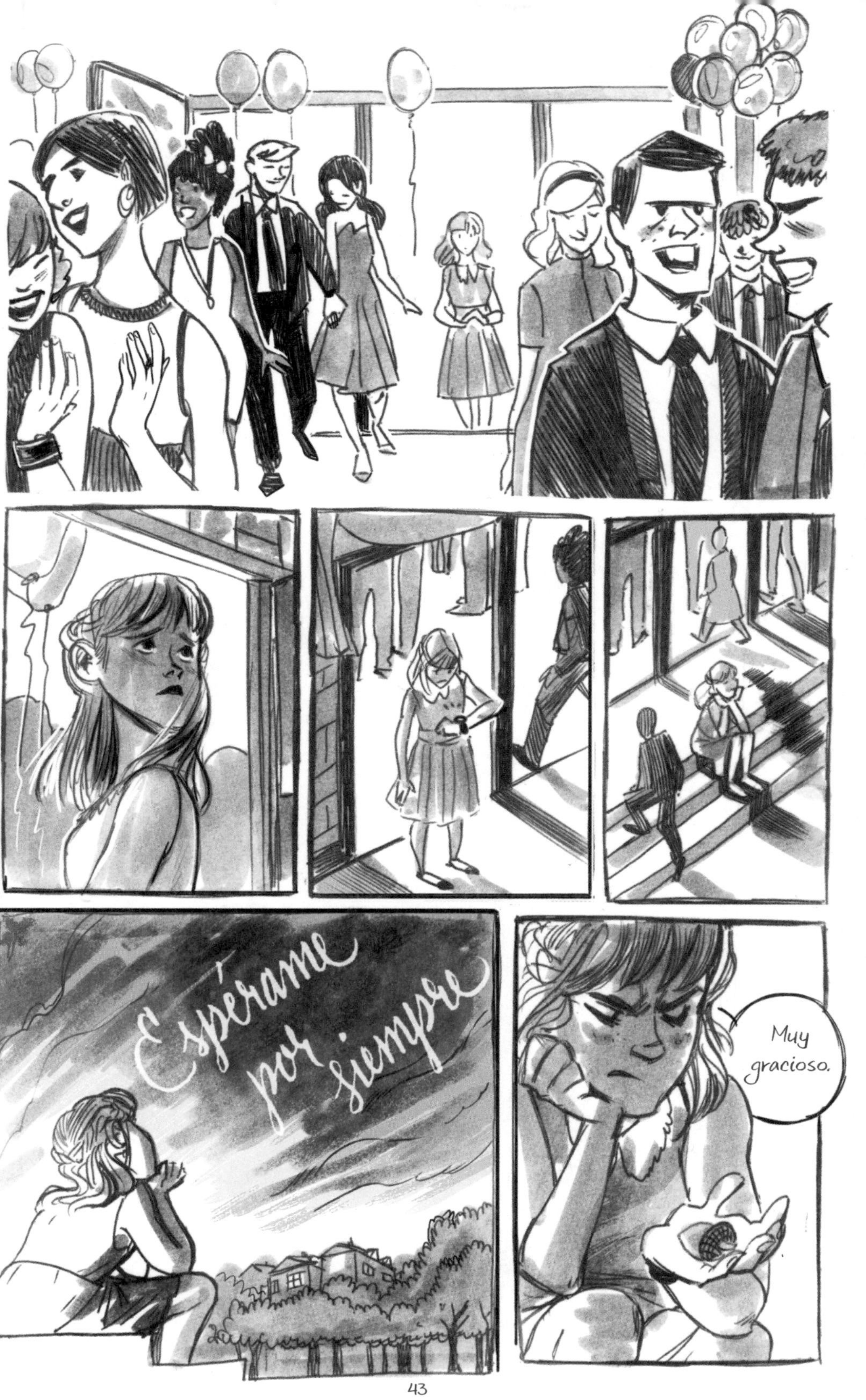
Espérame por siempre
Muy gracioso.

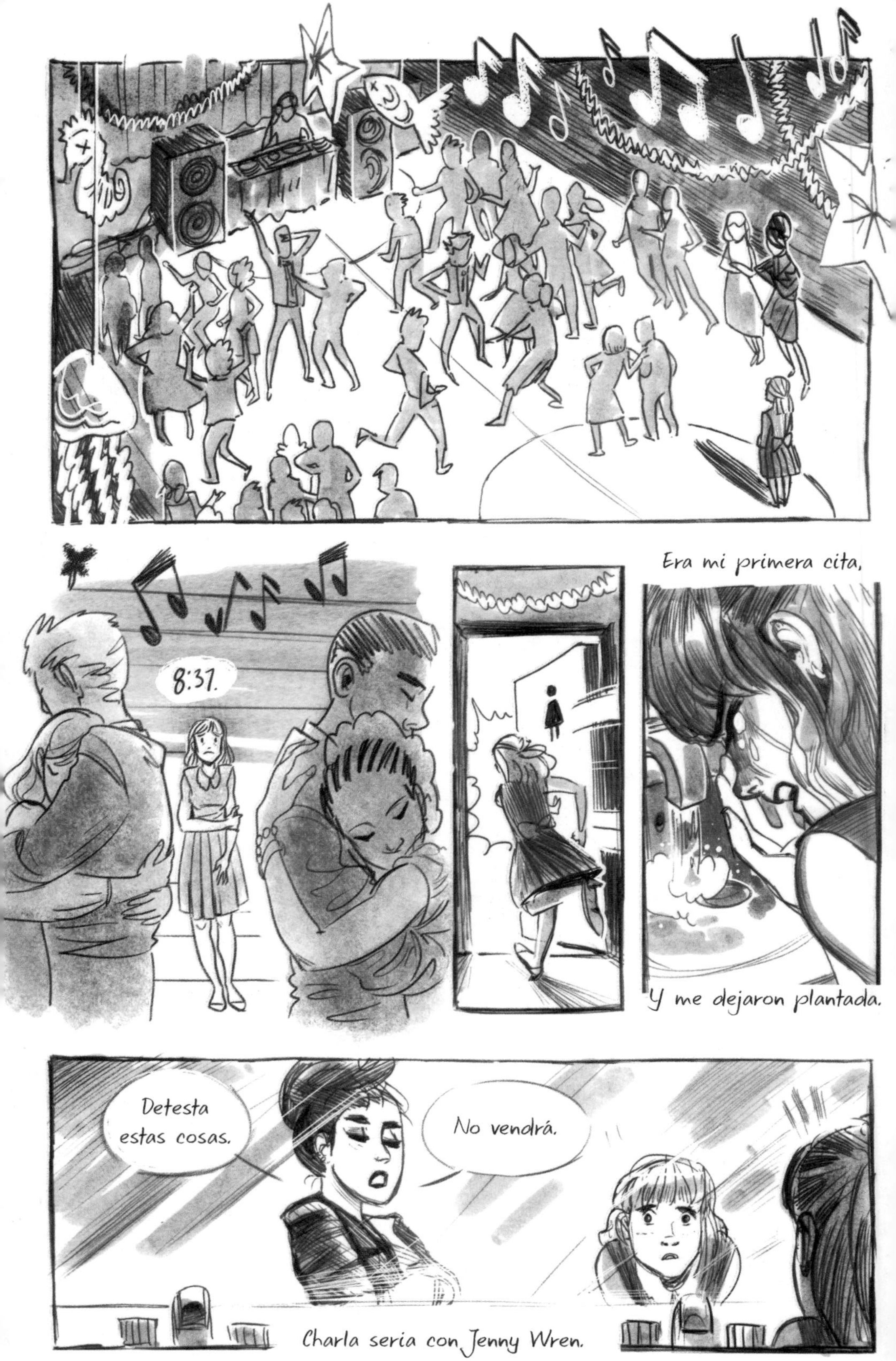
8:37.
Era mi primera cita,
Y me dejaron plantada.
Detesta estas cosas.
No vendrá.
Charla seria con Jenny Wren.

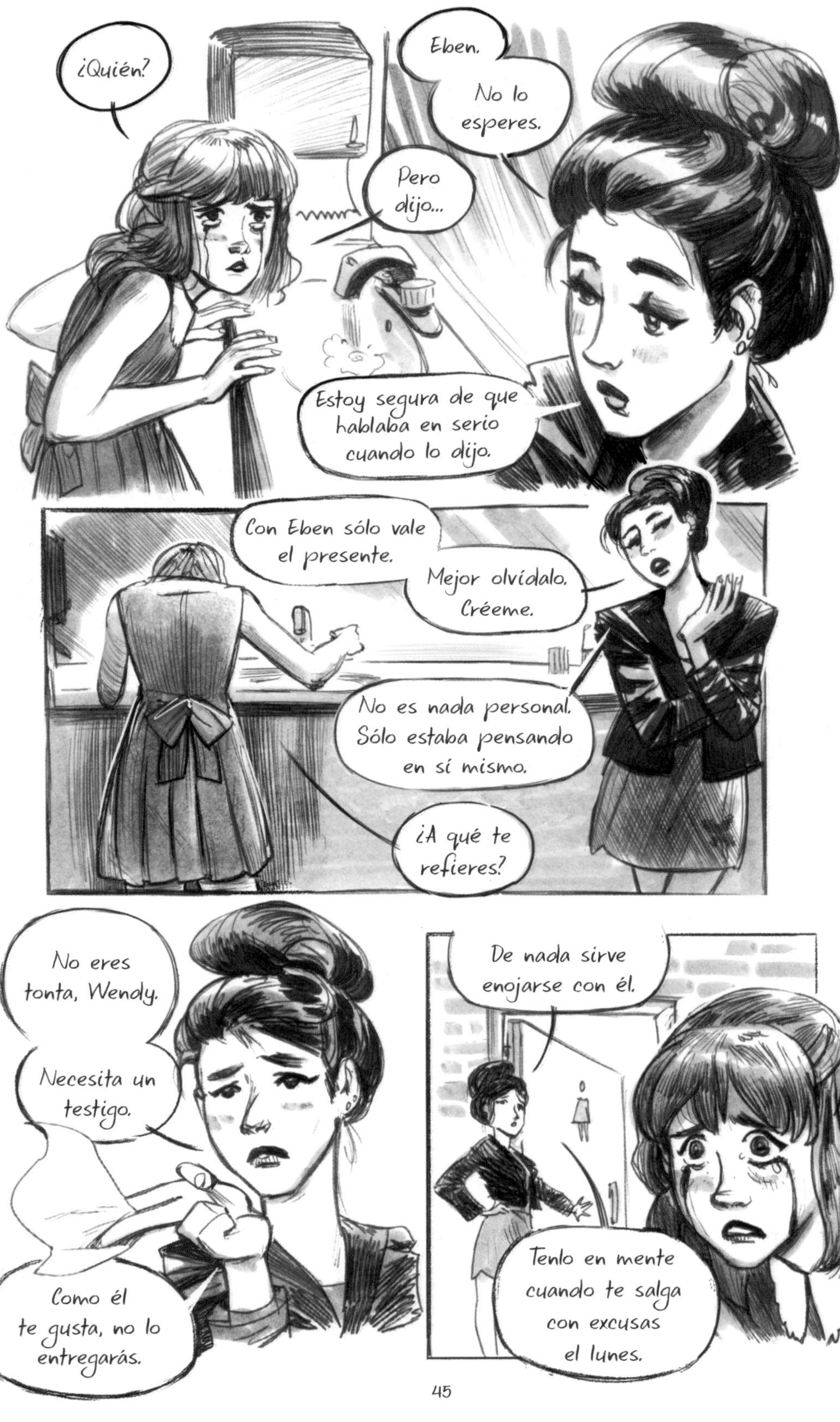
¿Quién?
Eben.
No lo esperes.
Pero dijo...
Estoy segura de que hablaba en serio cuando lo dijo.
Con Eben sólo vale el presente.
Mejor olvídalo. Créeme.
No es nada personal. Sólo estaba pensando en sí mismo.
¿A qué te refieres?
No eres tonta, Wendy.
Necesita un testigo.
Como él te gusta, no lo entregarás.
De nada sirve enojarse con él.
Tenlo en mente cuando te salga con excusas el lunes.

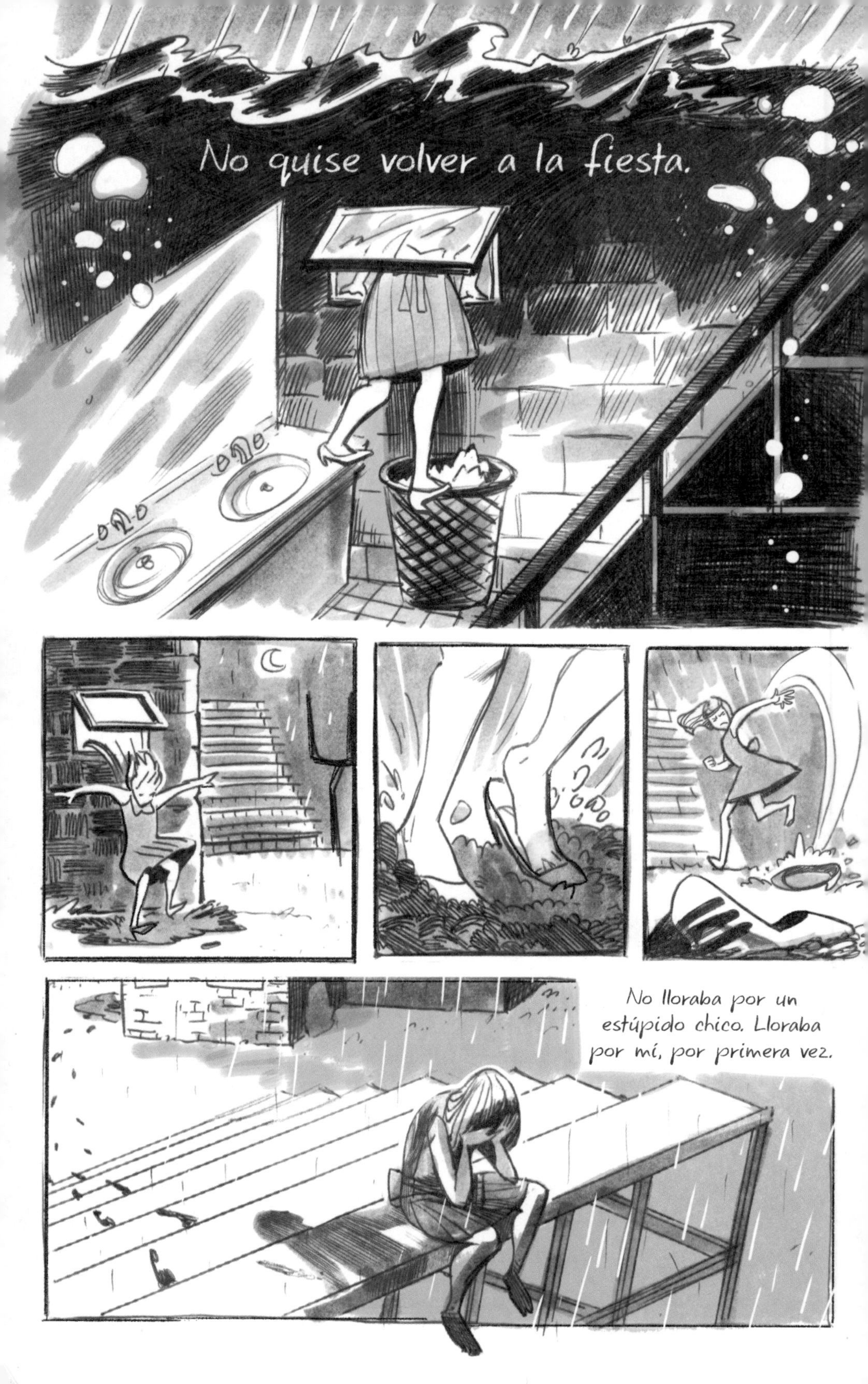
No quise volver a la fiesta.
No lloraba por un estúpido chico. Lloraba por mí, por primera vez.

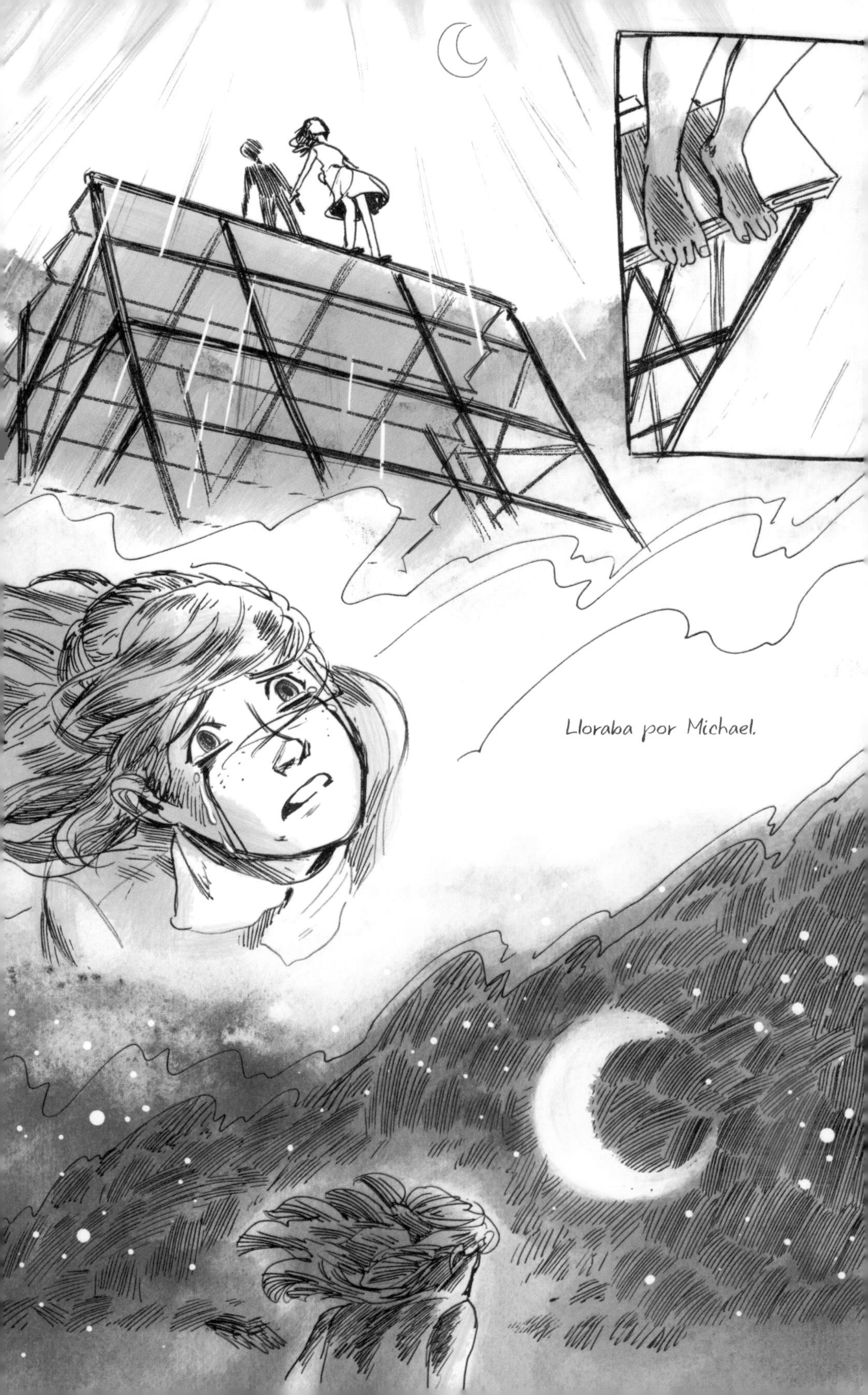
Lloraba por Michael.

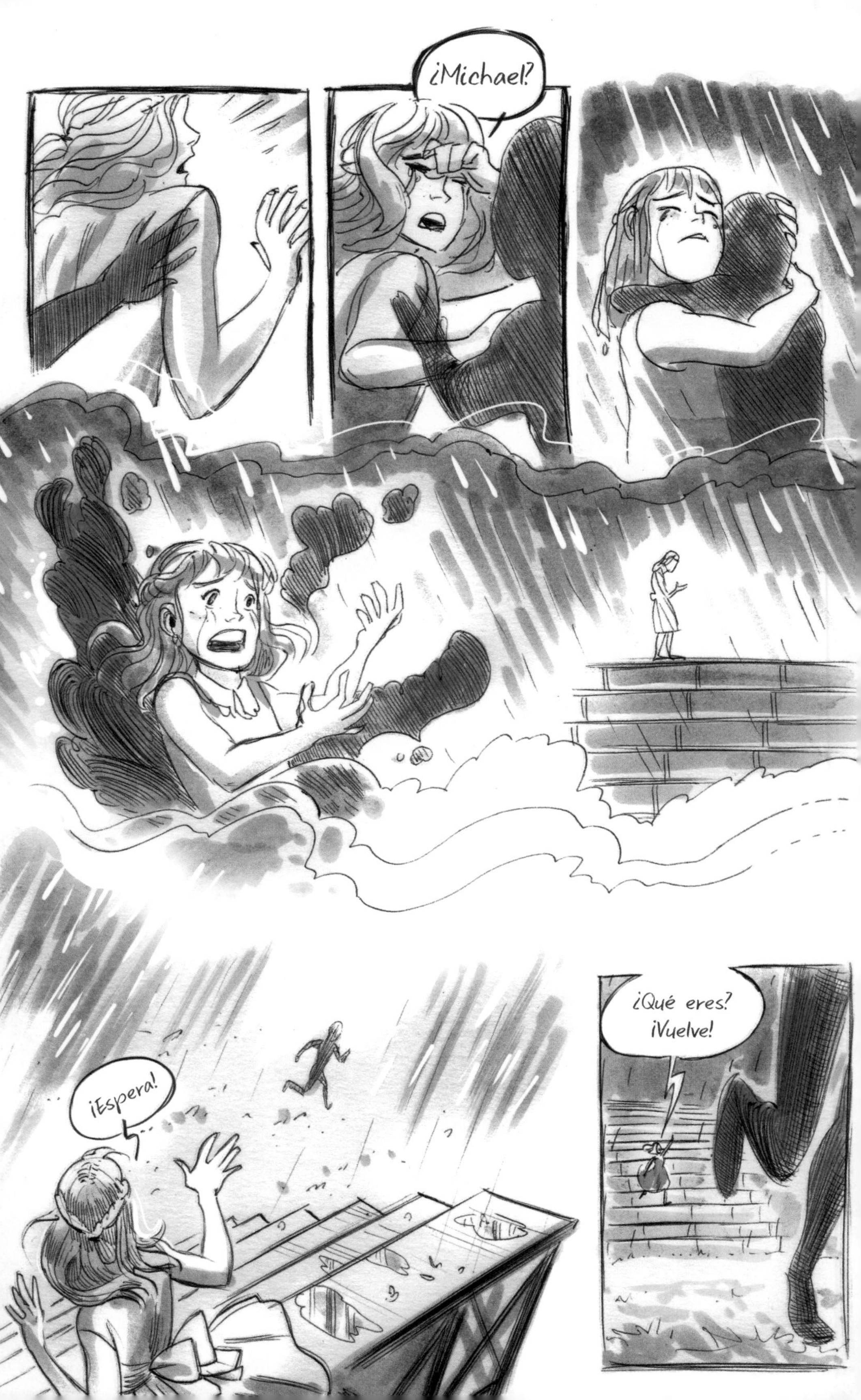
¿Michael?
¡Espera!
¿Qué eres? ¡Vuelve!

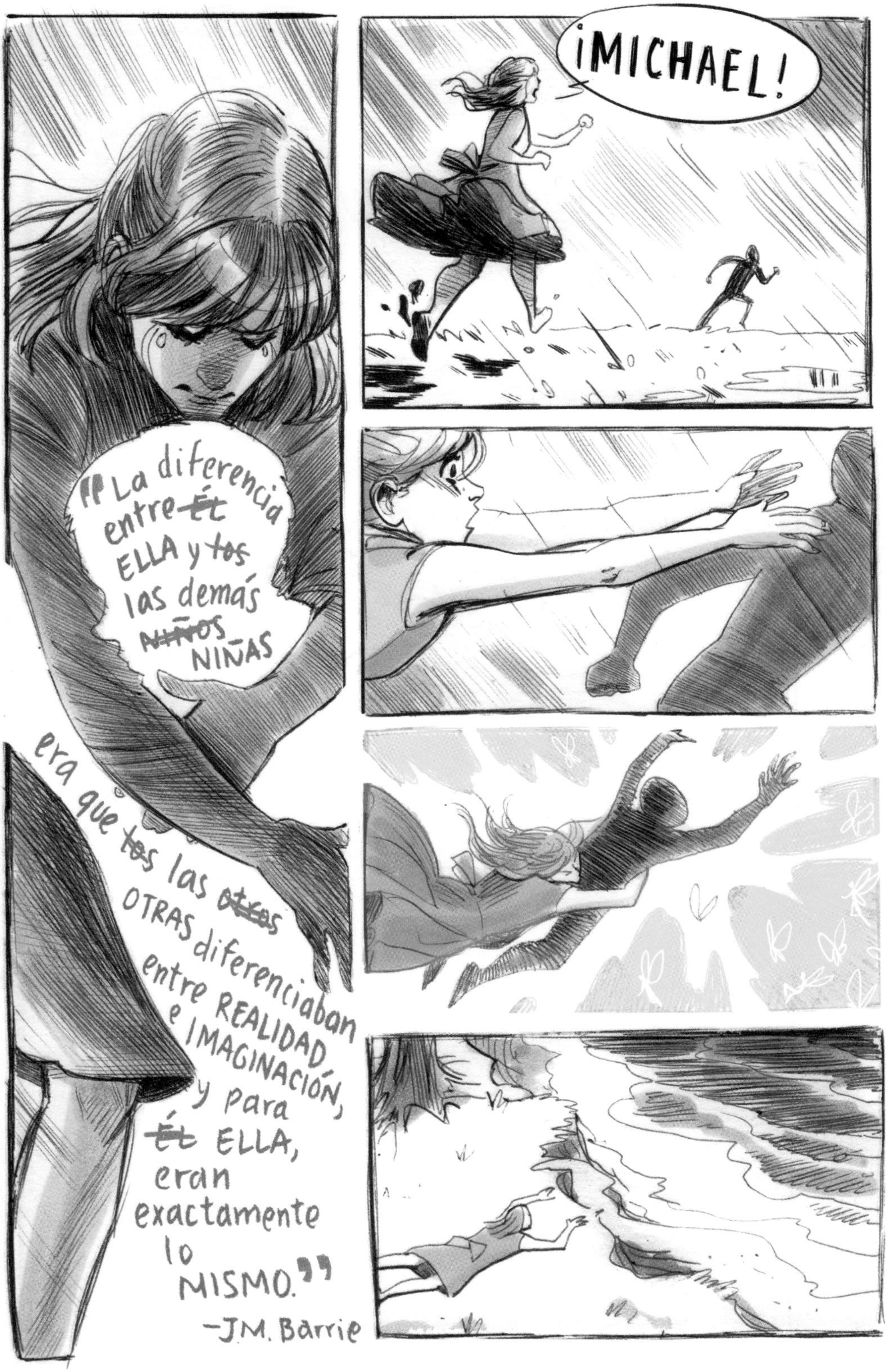
"La diferencia entre ~~él~~ ELLA y ~~los~~ las demás ~~niños~~ NIÑAS
era que ~~los~~ las ~~otros~~ OTRAS diferenciaban entre REALIDAD e IMAGINACIÓN, y para ~~él~~ ELLA, eran exactamente lo MISMO."
–J.M. Barrie
¡MICHAEL!

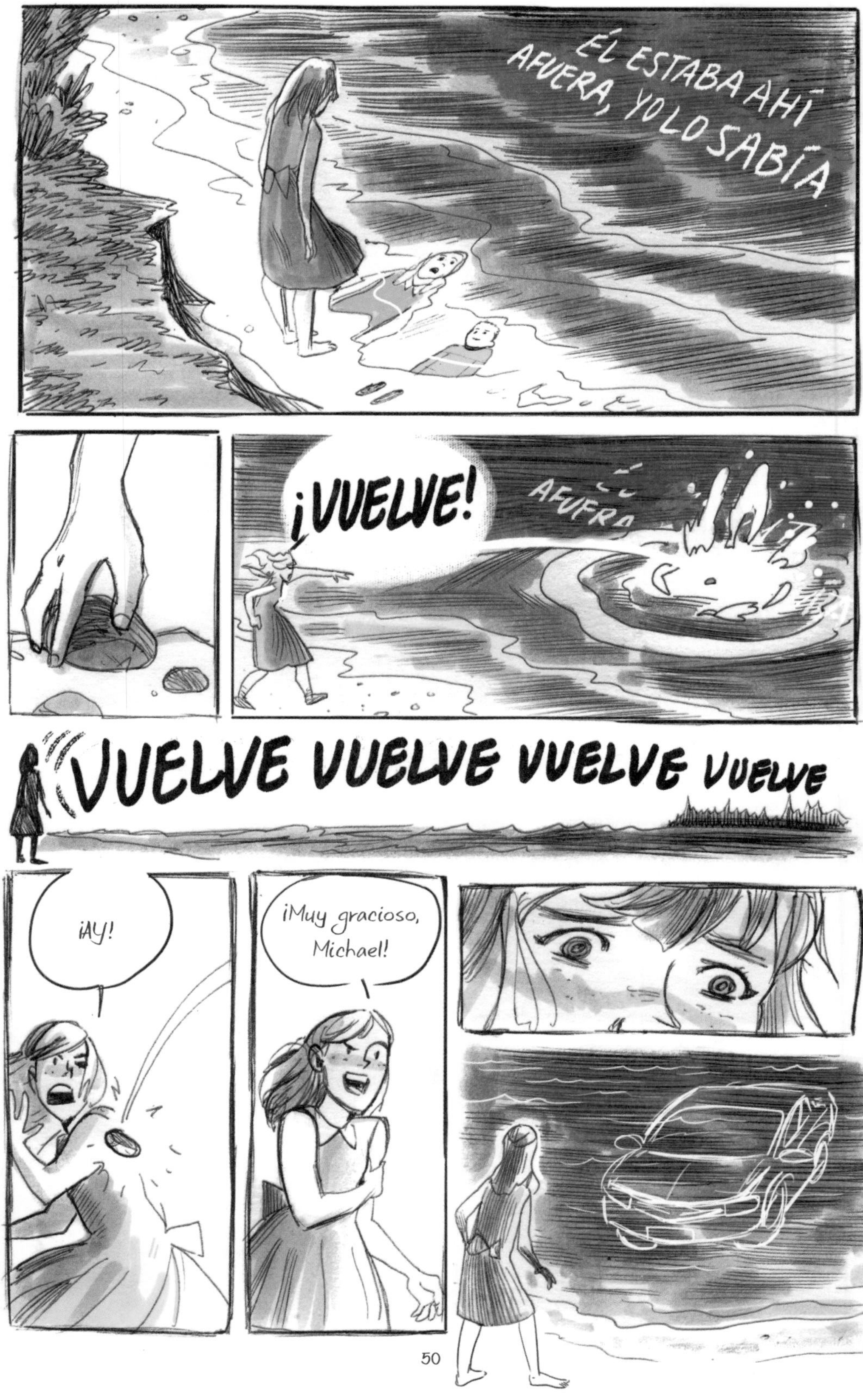
ÉL ESTABA AHÍ AFUERA, YO LO SABÍA
¡VUELVE!
AFUERA
VUELVE VUELVE VUELVE VUELVE
¡AY!
¡Muy gracioso, Michael!

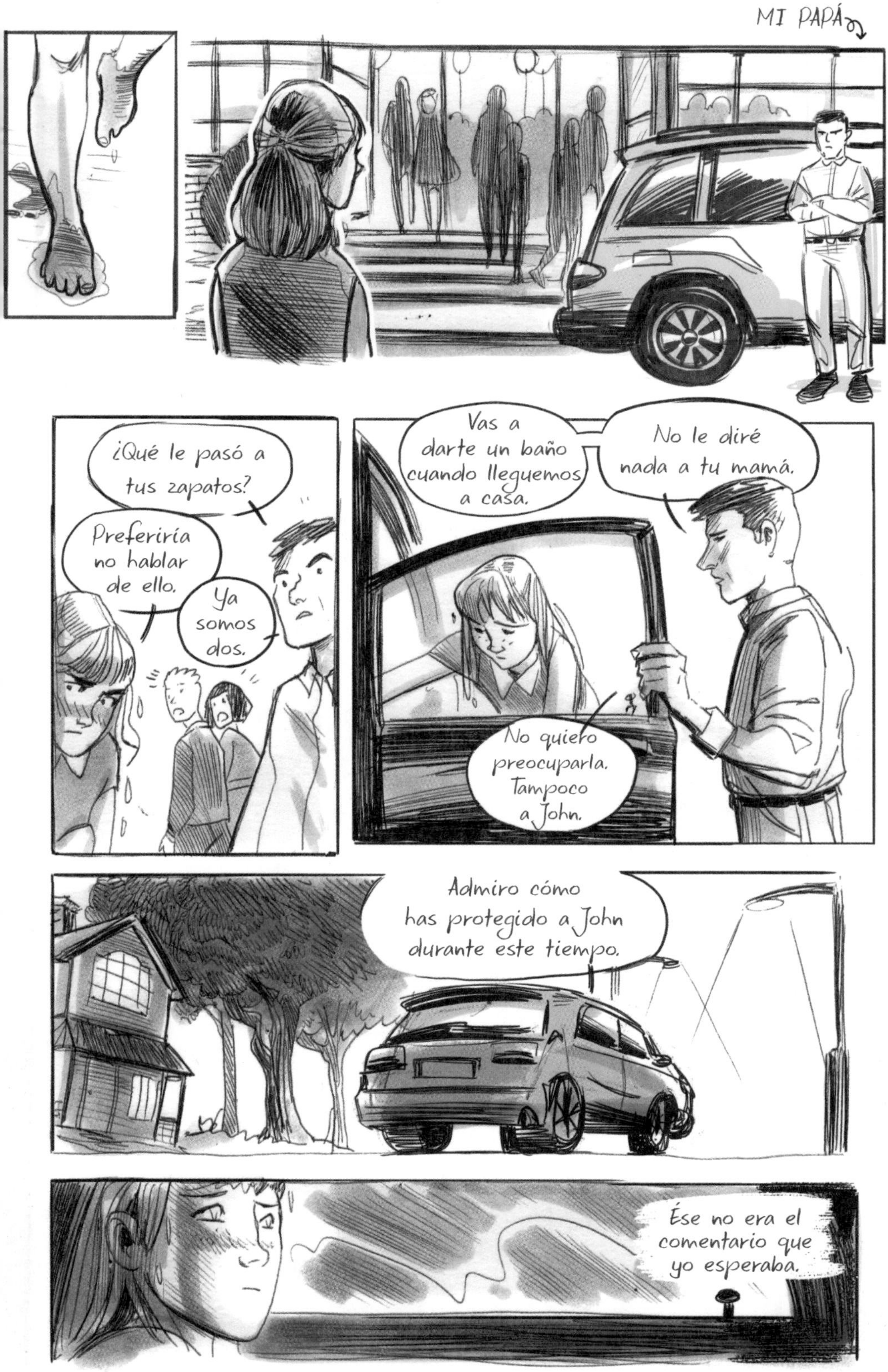

MI PAPÁ
¿Qué le pasó a tus zapatos?
Preferiría no hablar de ello.
Ya somos dos.
Vas a darte un baño cuando lleguemos a casa.
No le diré nada a tu mamá.
No quiero preocuparla. Tampoco a John.
Admiro cómo has protegido a John durante este tiempo.
Ése no era el comentario que yo esperaba.

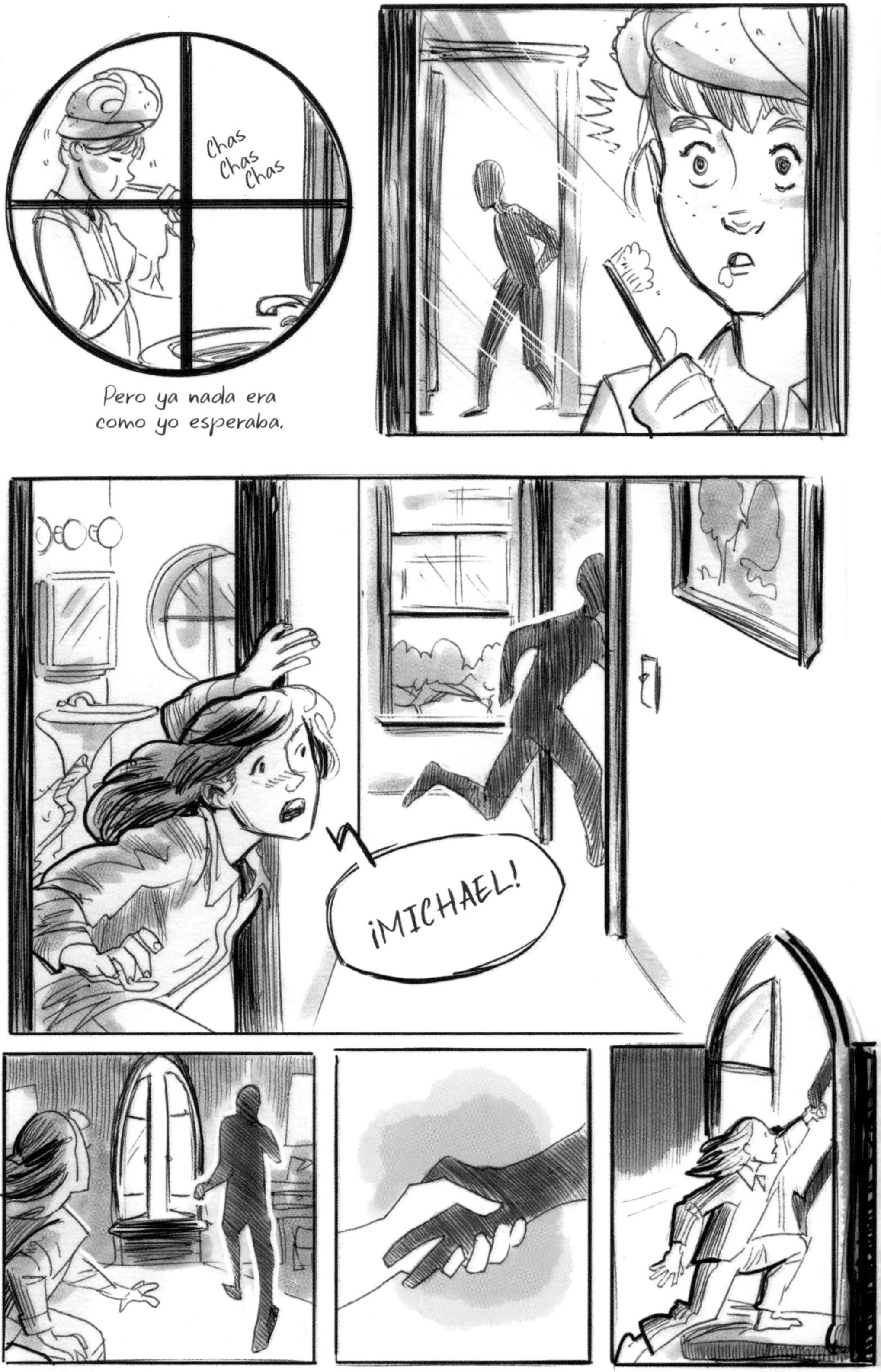
Chas
Chas
Chas
Pero ya nada era como yo esperaba.
¡MICHAEL!

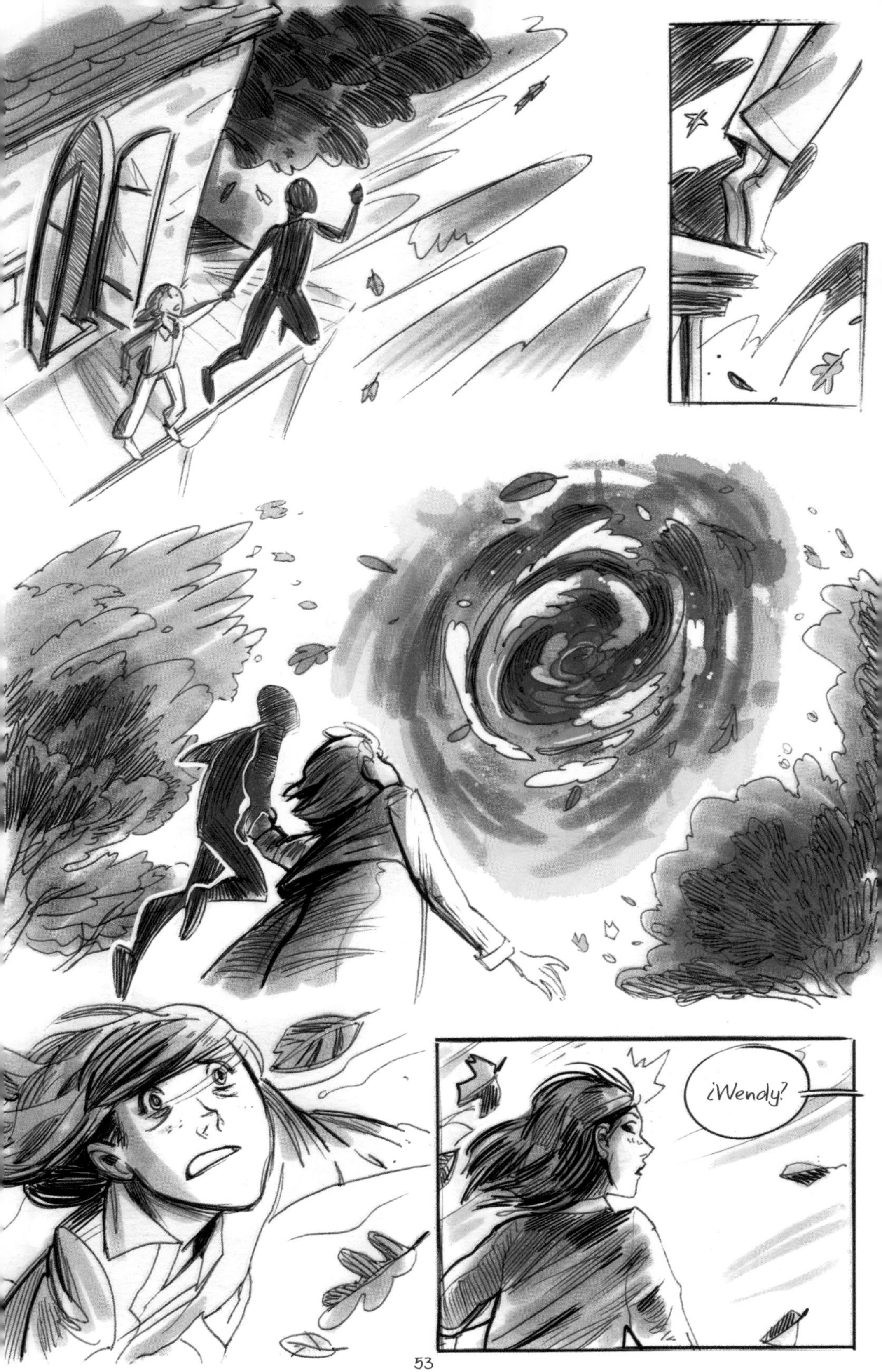
¿Wendy?

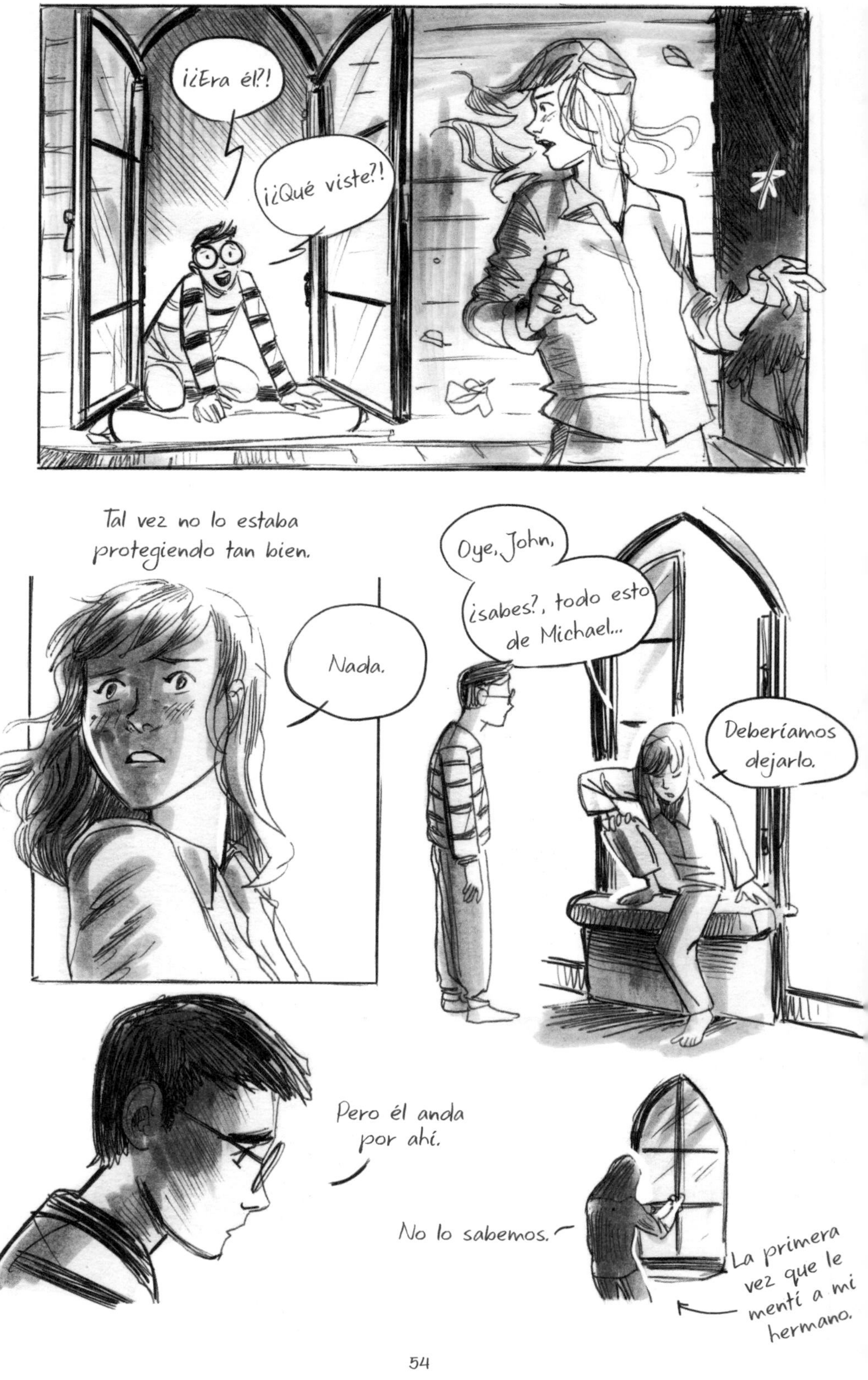
¡¿Era él?!
¡¿Qué viste?!
Tal vez no lo estaba protegiendo tan bien.
Nada.
Oye, John,
¿sabes?, todo esto de Michael...
Deberíamos dejarlo.
Pero él anda por ahí.
No lo sabemos.
La primera vez que le mentí a mi hermano.

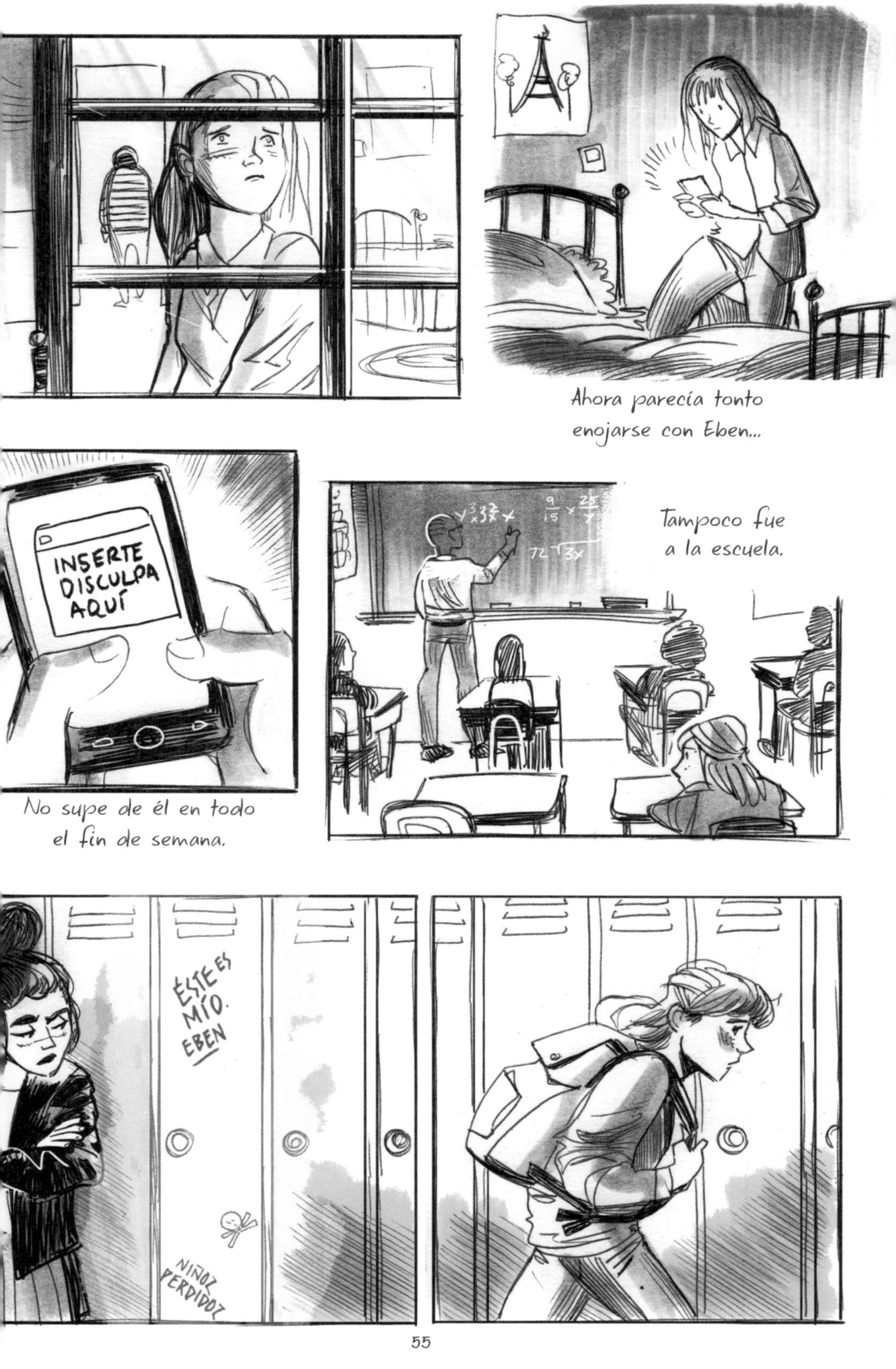
Ahora parecía tonto enojarse con Eben...
INSERTE DISCULPA AQUÍ
No supe de él en todo el fin de semana.
Tampoco fue a la escuela.
ÉSTE ES MÍO. EBEN
NIÑOZ PERDIDOZ

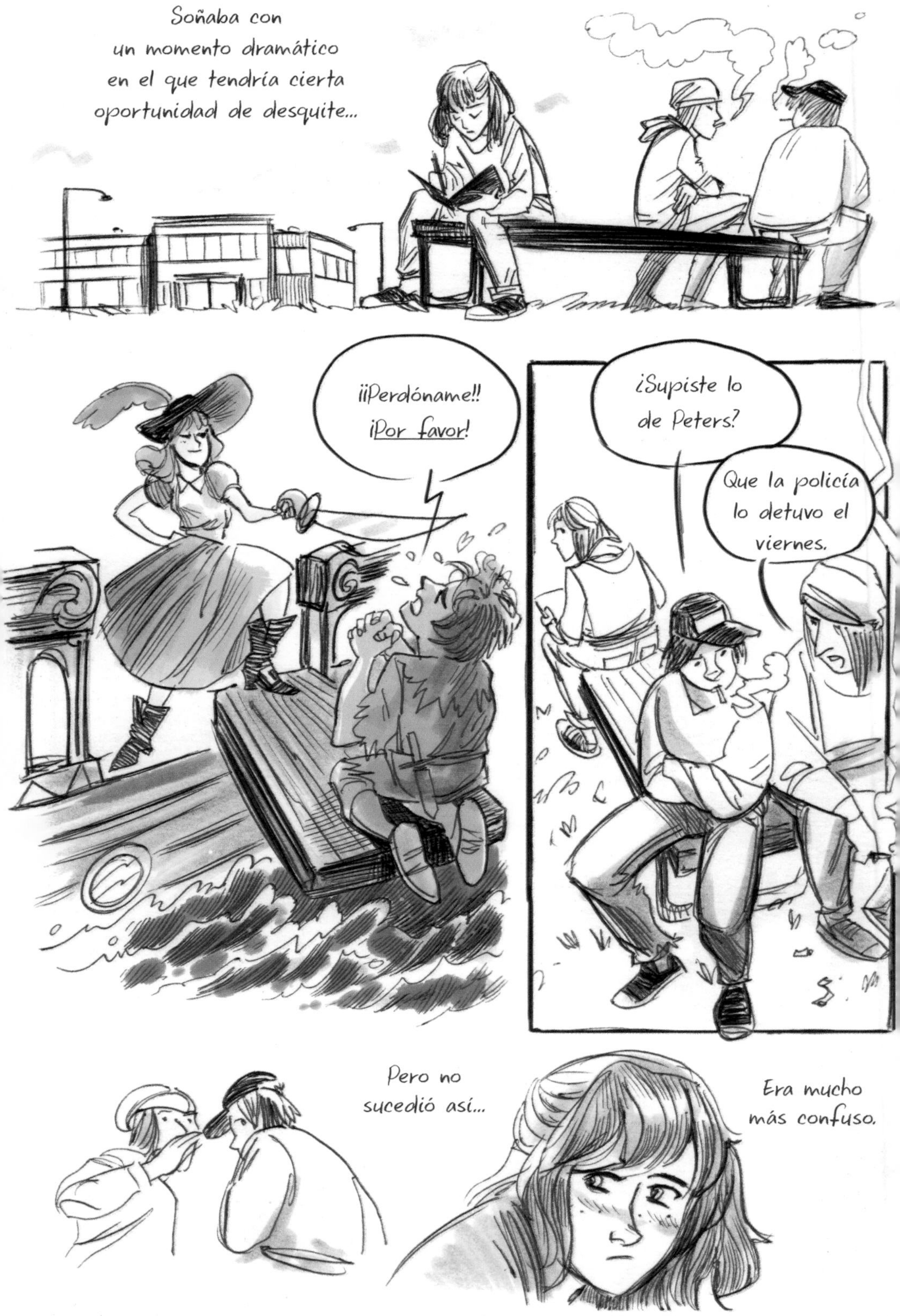
Soñaba con un momento dramático en el que tendría cierta oportunidad de desquite...
¡¡Perdóname!! ¡Por favor!
¿Supiste lo de Peters?
Que la policía lo detuvo el viernes.
Pero no sucedió así...
Era mucho más confuso.

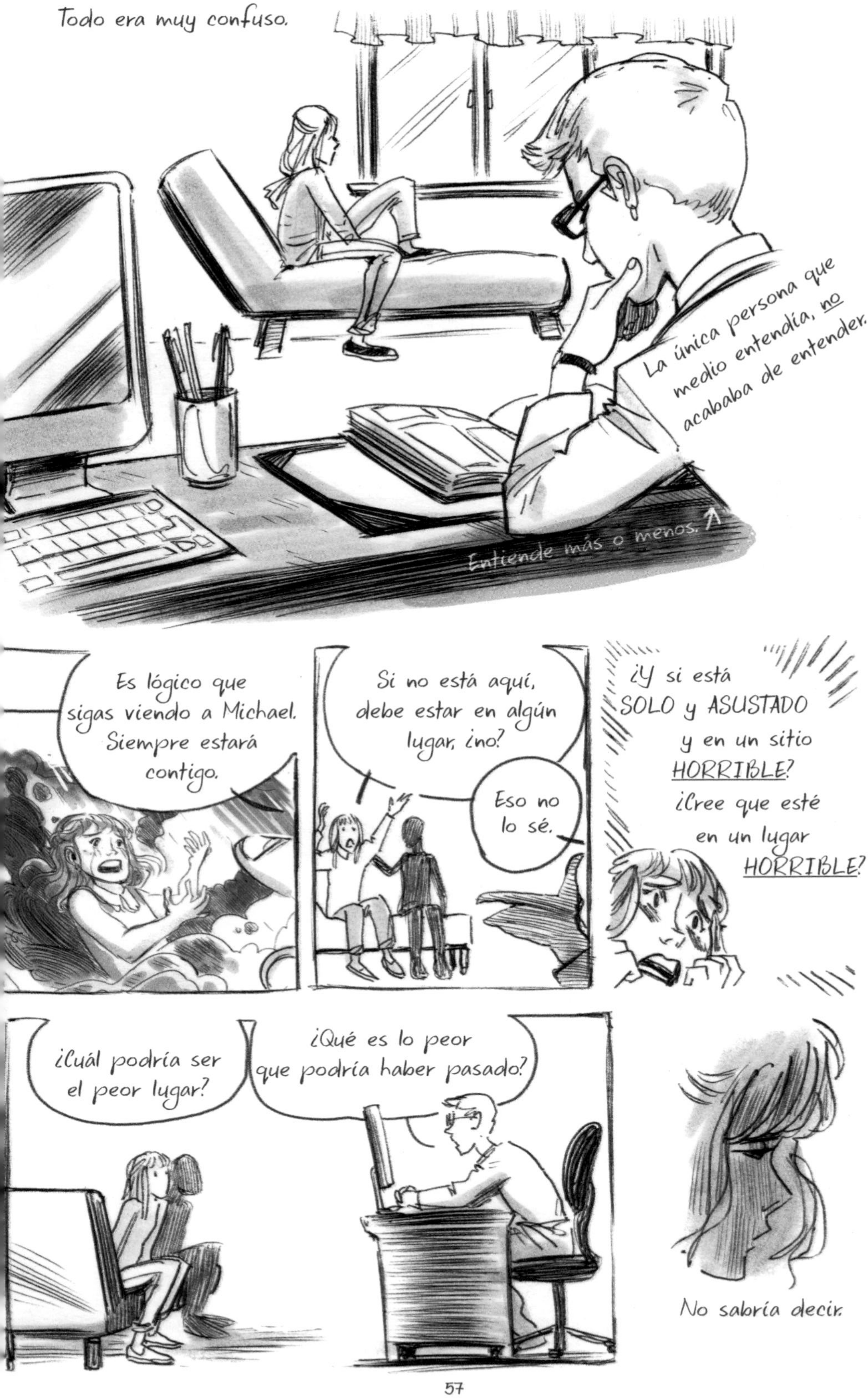

Todo era muy confuso.
La única persona que medio entendía, no acababa de entender.
Entiende más o menos.
Es lógico que sigas viendo a Michael. Siempre estará contigo.
Si no está aquí, debe estar en algún lugar, ¿no?
Eso no lo sé.
¿Y si está SOLO y ASUSTADO y en un sitio HORRIBLE? ¿Cree que esté en un lugar HORRIBLE?
¿Cuál podría ser el peor lugar?
¿Qué es lo peor que podría haber pasado?
No sabría decir.

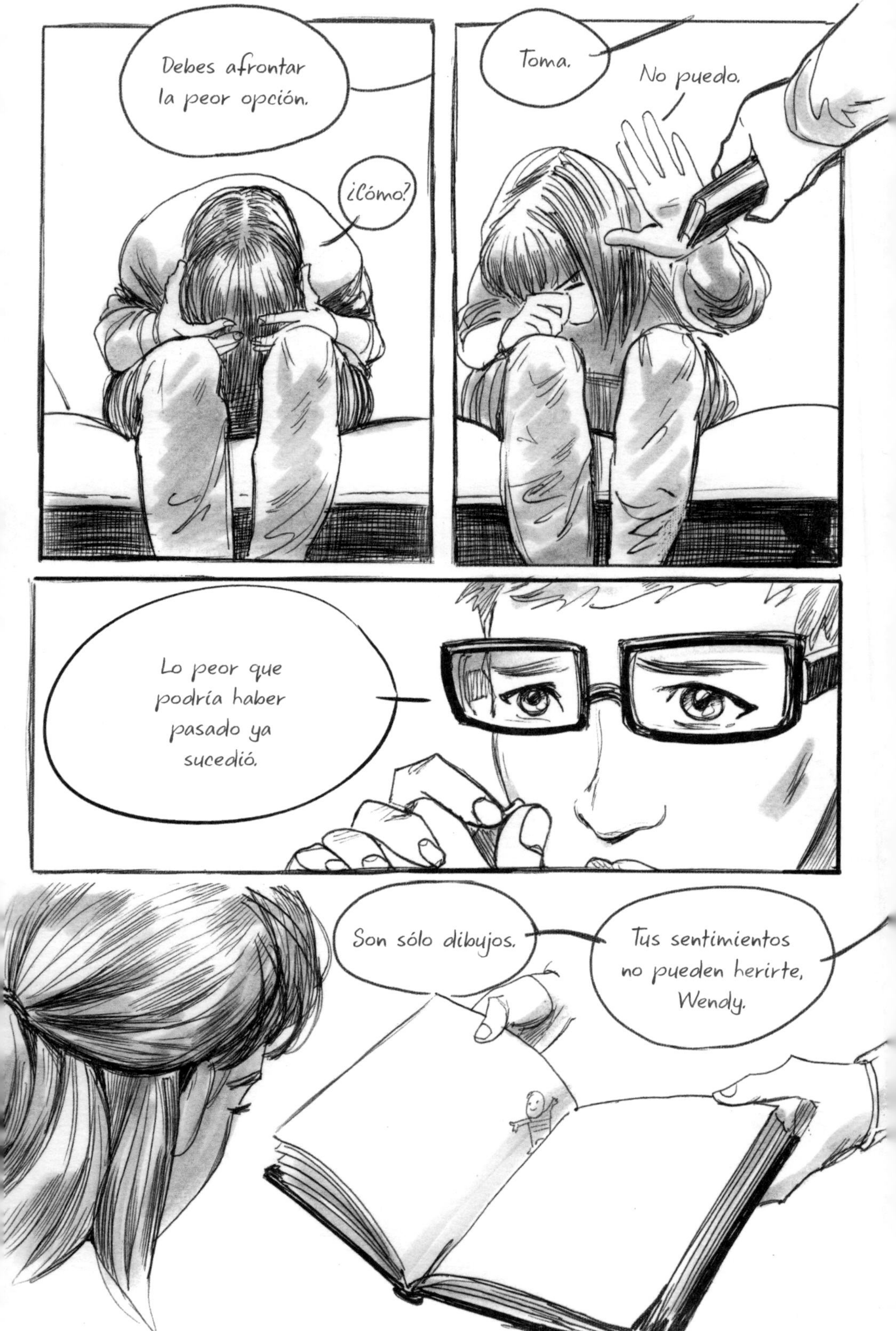
Debes afrontar la peor opción.
¿Cómo?
Toma.
No puedo.
Lo peor que podría haber pasado ya sucedió.
Son sólo dibujos.
Tus sentimientos no pueden herirte, Wendy.

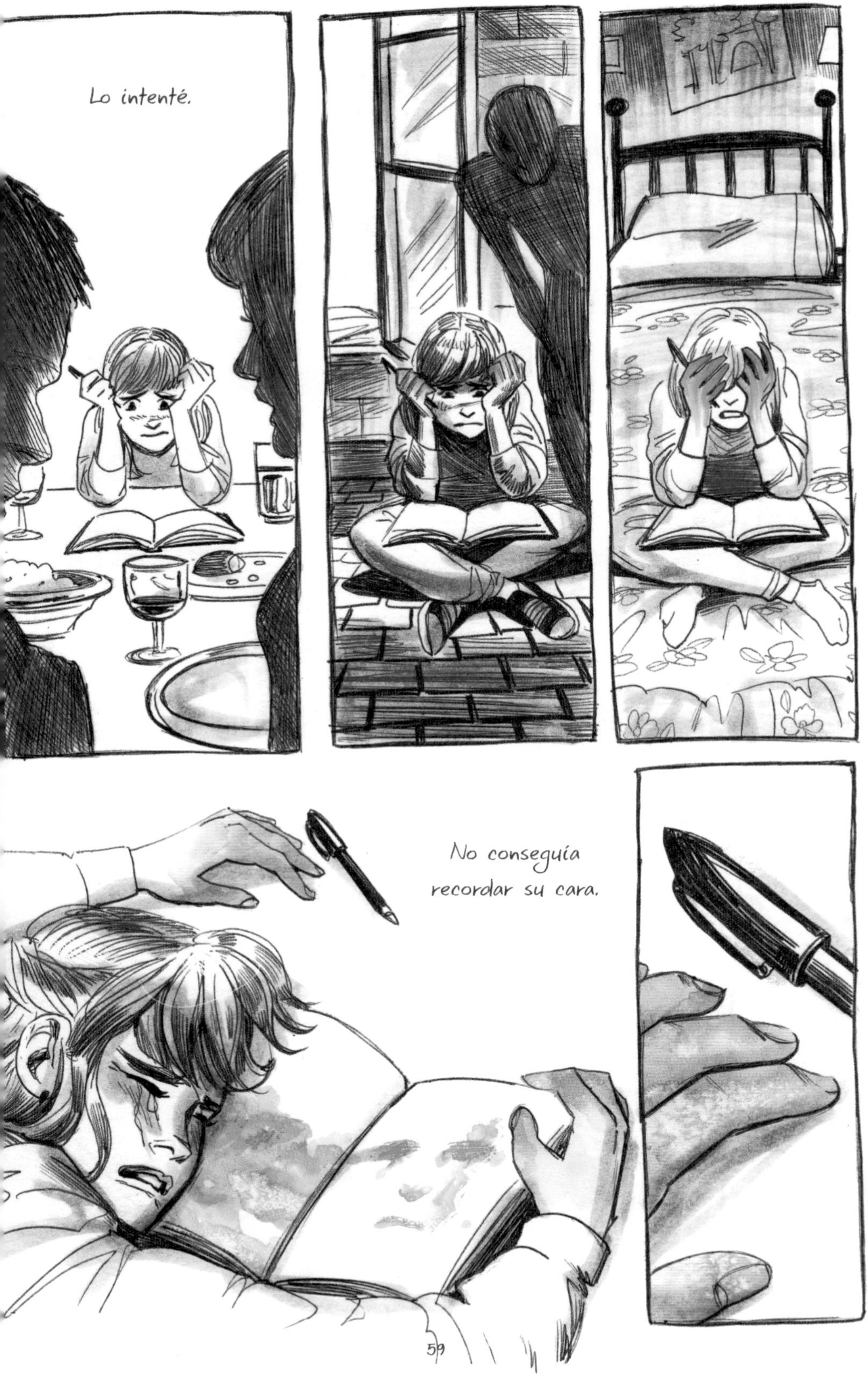
Lo intenté.
No conseguía
recordar su cara.

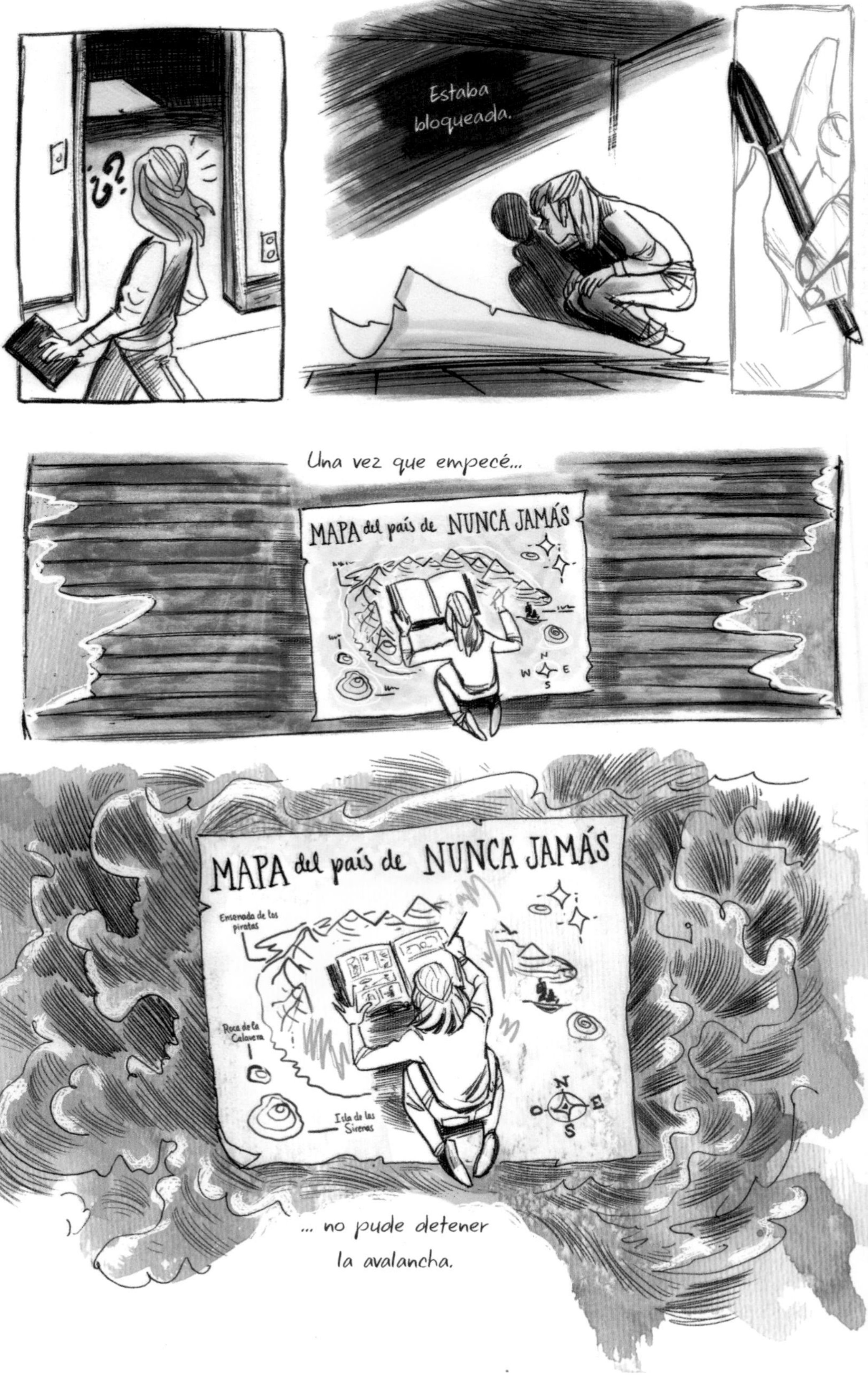
¿?
Estaba bloqueada.
Una vez que empecé...
MAPA del país de NUNCA JAMÁS
MAPA del país de NUNCA JAMÁS
Ensenada de los piratas
Roca de la Calavera
Isla de las Sirenas
... no pude detener la avalancha.

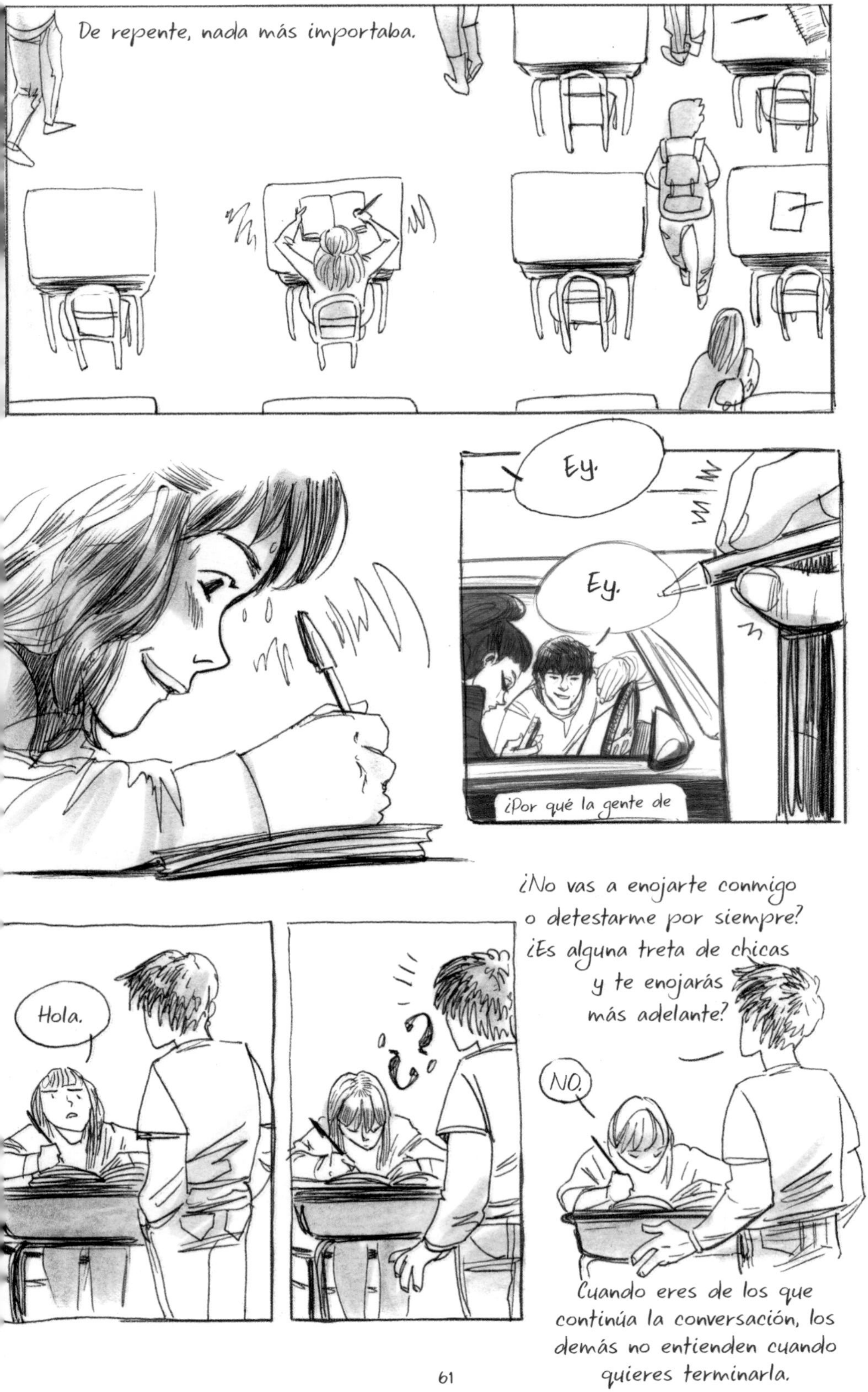
De repente, nada más importaba.
Ey.
Ey.
¿Por qué la gente de
Hola.
¿?
¿No vas a enojarte conmigo o detestarme por siempre? ¿Es alguna treta de chicas y te enojarás más adelante?
NO.
Cuando eres de los que continúa la conversación, los demás no entienden cuando quieres terminarla.

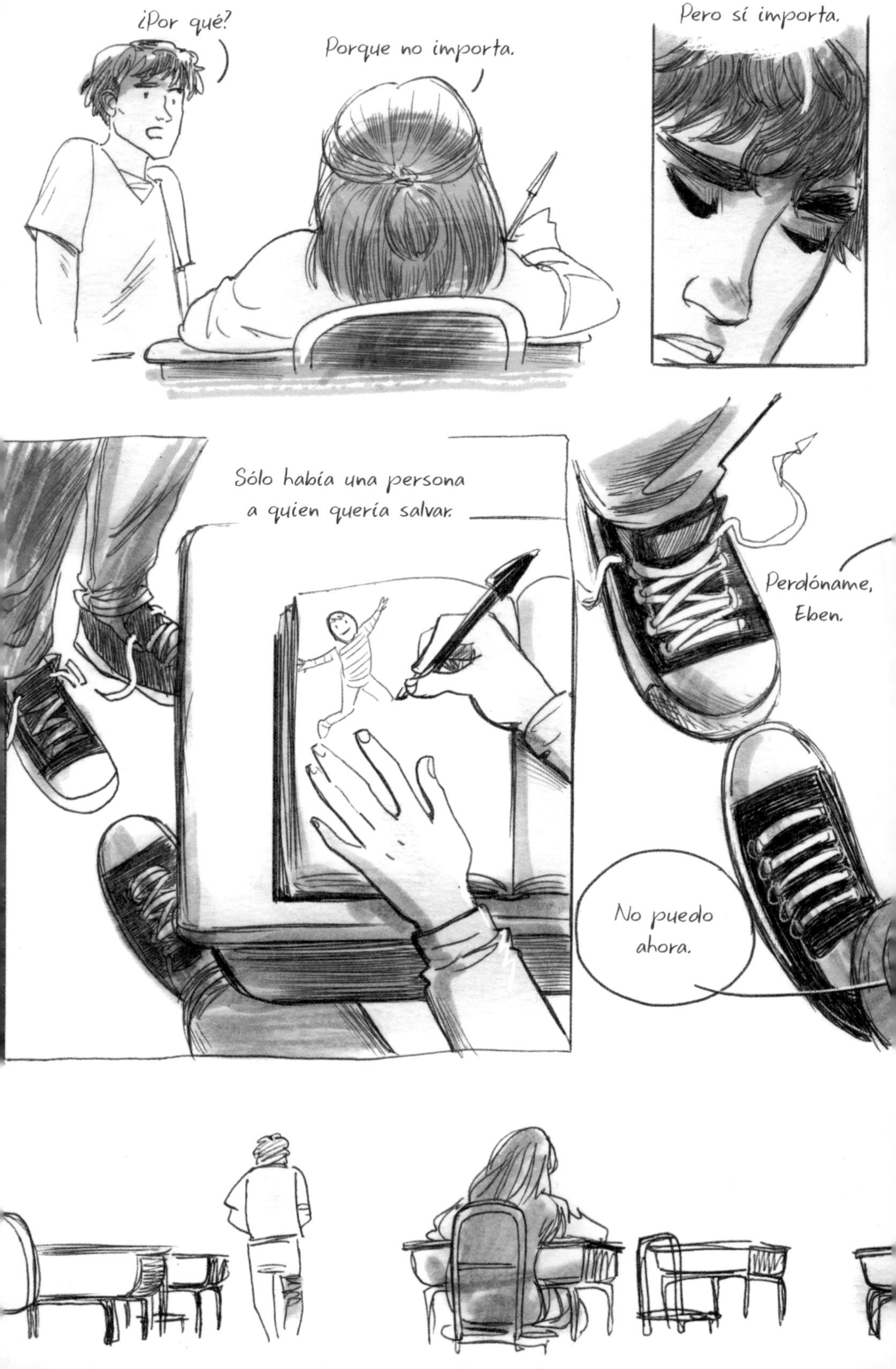
¿Por qué?
Porque no importa.
Pero sí importa.
Sólo había una persona a quien quería salvar.
Perdóname, Eben.
No puedo ahora.

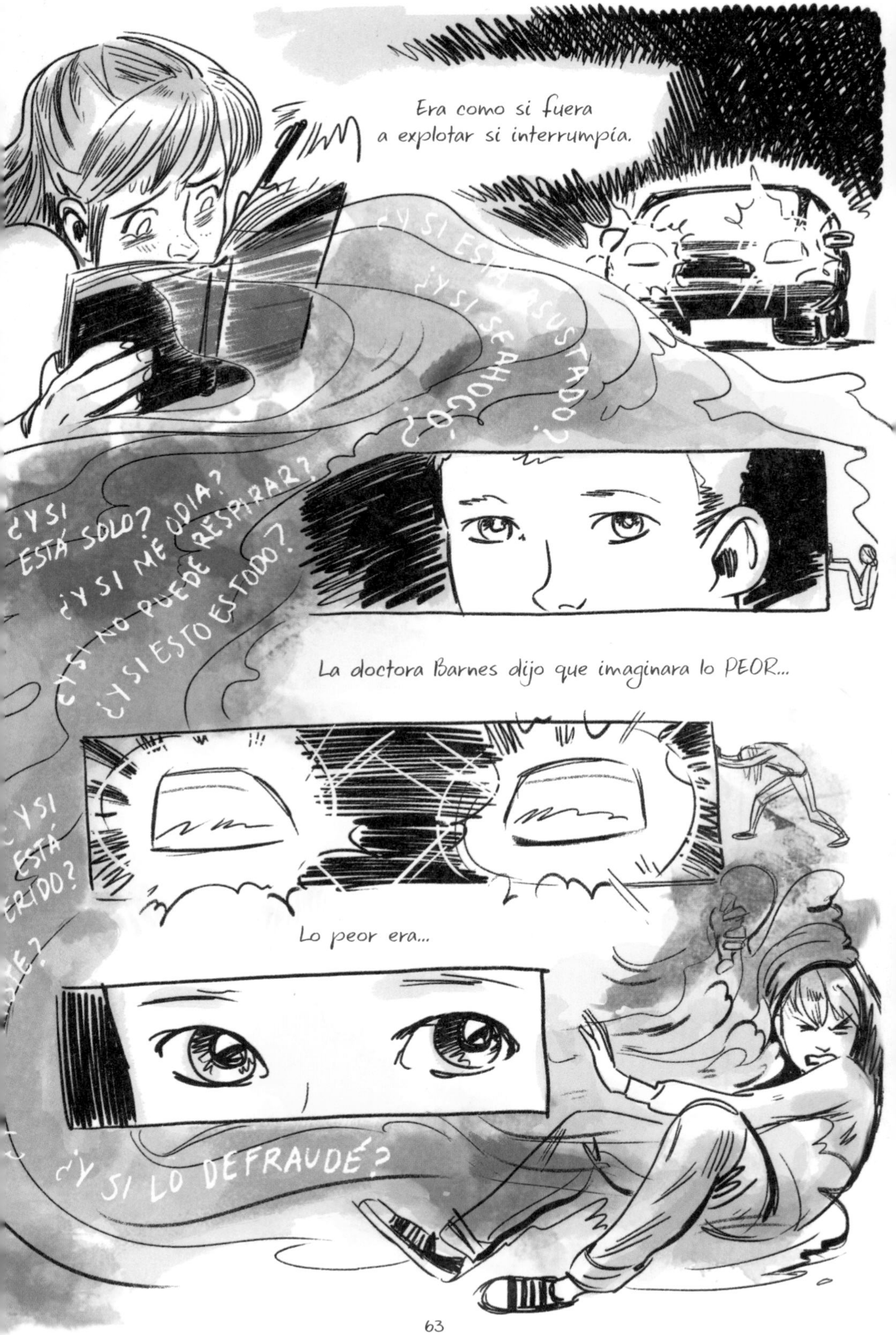
Era como si fuera a explotar si interrumpía.
¿Y SI ESTÁ ASUSTADO?
¿Y SI SE AHOGÓ?
¿Y SI ESTÁ SOLO?
¿Y SI ME ODIA?
¿Y SI NO PUEDE RESPIRAR?
¿Y SI ESTO ES TODO?
La doctora Barnes dijo que imaginara lo PEOR...
Lo peor era...
¿Y SI LO DEFRAUDÉ?

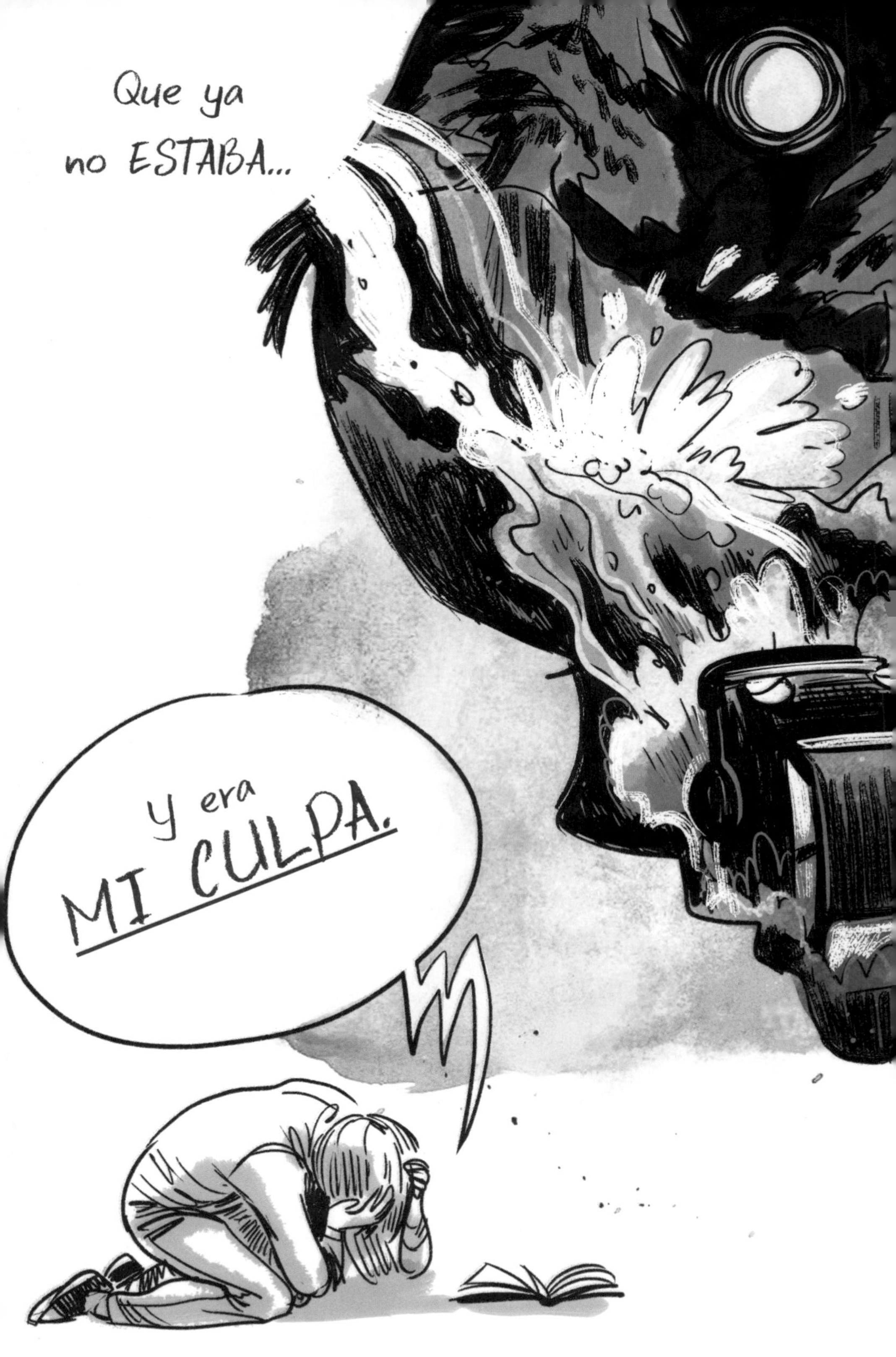
Que ya no ESTABA...
Y era MI CULPA.

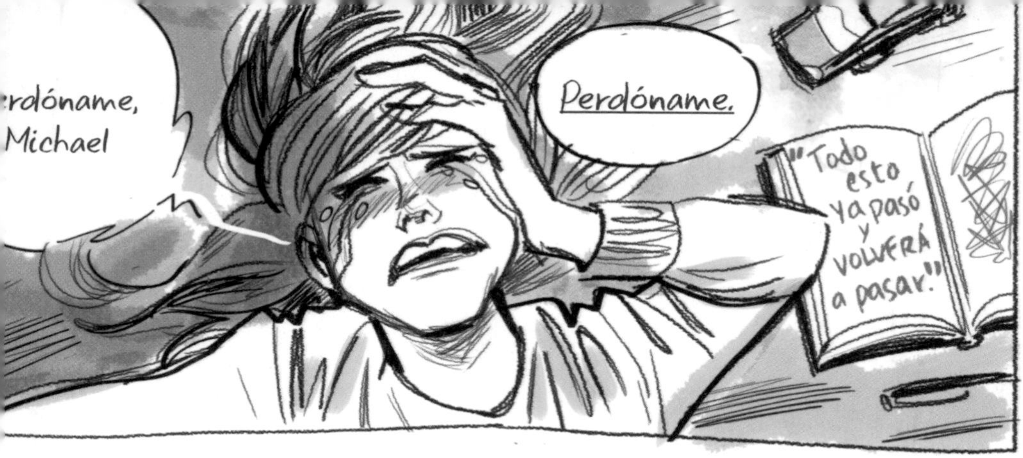

...rdóname, Michael
Perdóname.
"Todo esto ya pasó y VOLVERÁ a pasar!"

Se había ido.

Y yo era la única que podía enfrentarlo.

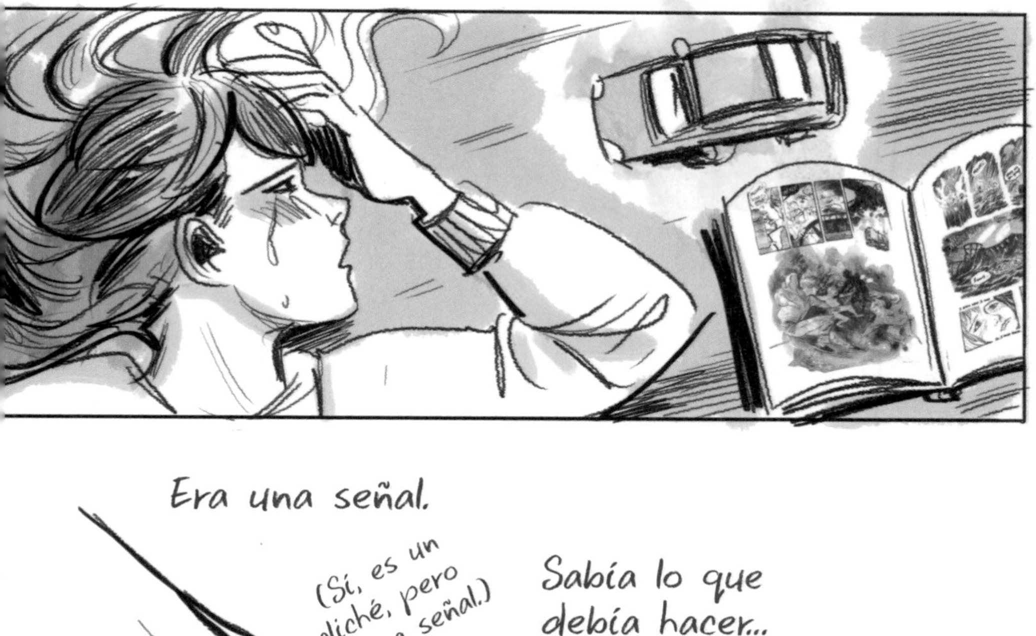

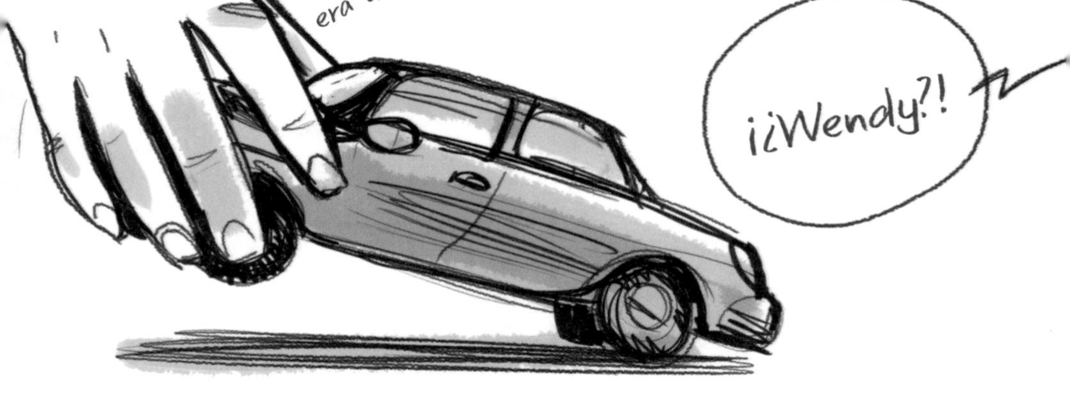

Era una señal.
(Sí, es un cliché, pero era una señal.)
Sabía lo que debía hacer...
¡¿Wendy?!

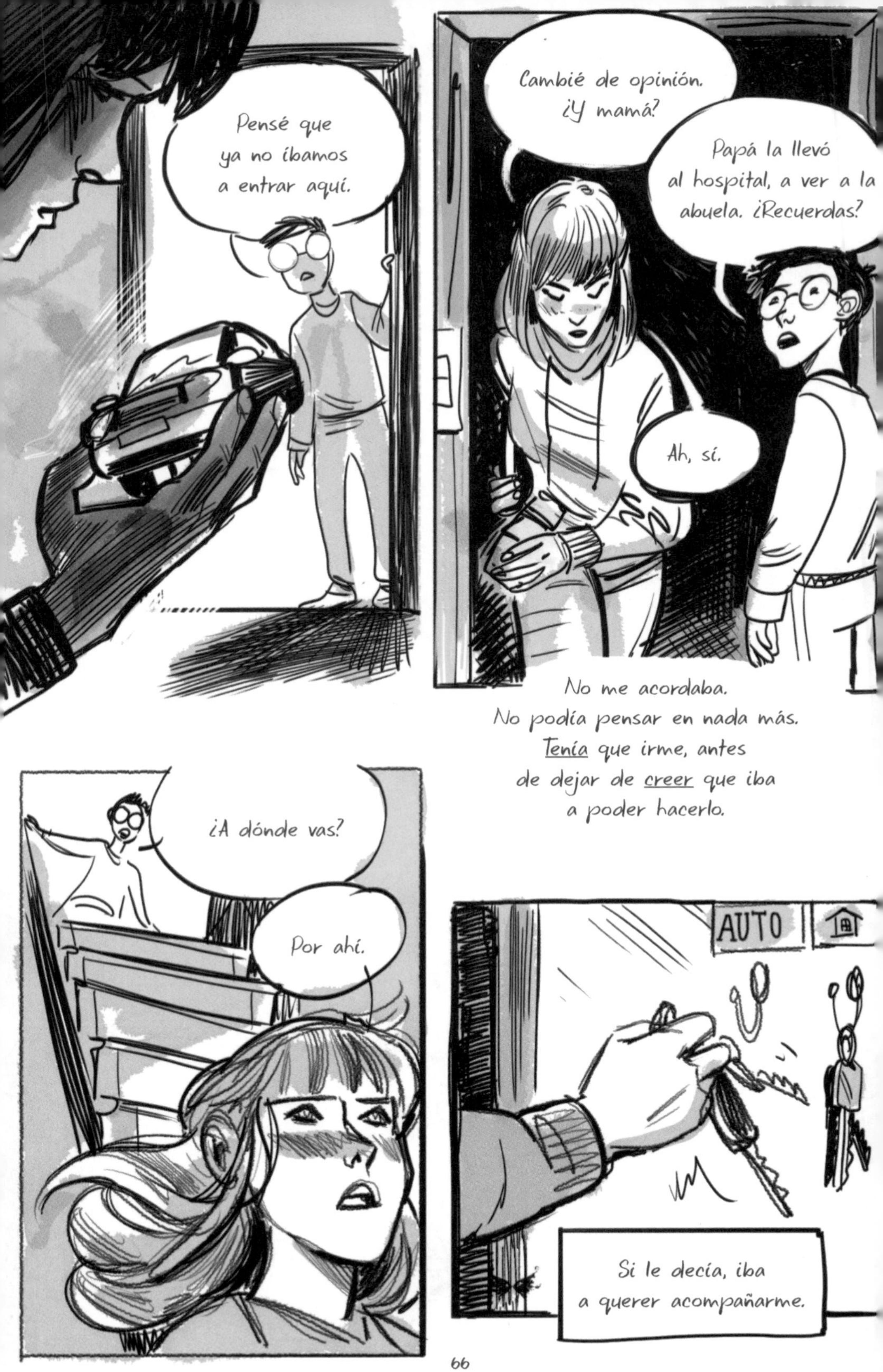
Pensé que ya no íbamos a entrar aquí.
Cambié de opinión. ¿Y mamá?
Papá la llevó al hospital, a ver a la abuela. ¿Recuerdas?
Ah, sí.
No me acordaba. No podía pensar en nada más. Tenía que irme, antes de dejar de creer que iba a poder hacerlo.
¿A dónde vas?
Por ahí.
AUTO
Si le decía, iba a querer acompañarme.

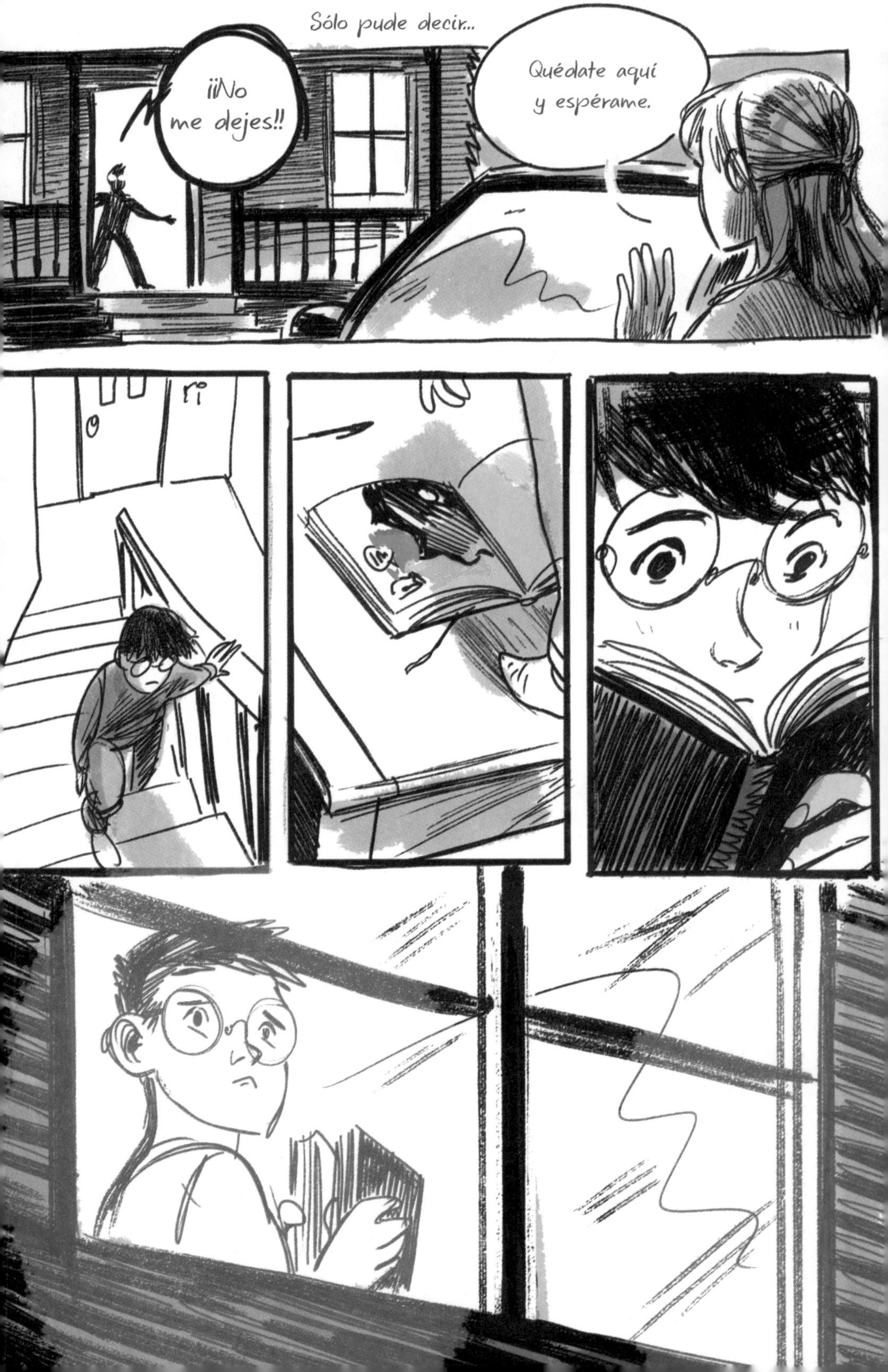
Sólo pude decir...
¡¡No me dejes!!
Quédate aquí y espérame.

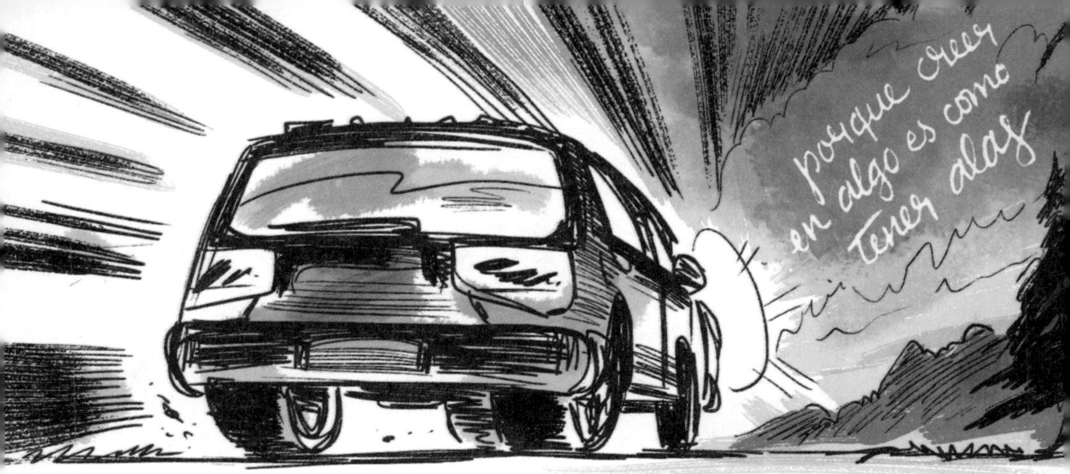
porque creer
en algo es como
Tener alas

Podrá parecer que tengo ganas de matarme, pero no, lo juro...

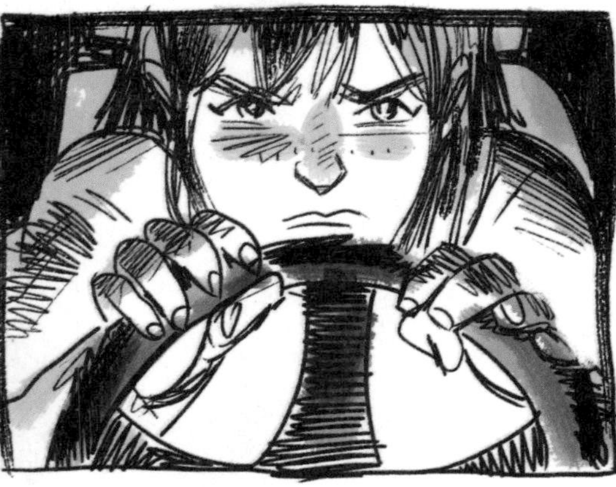

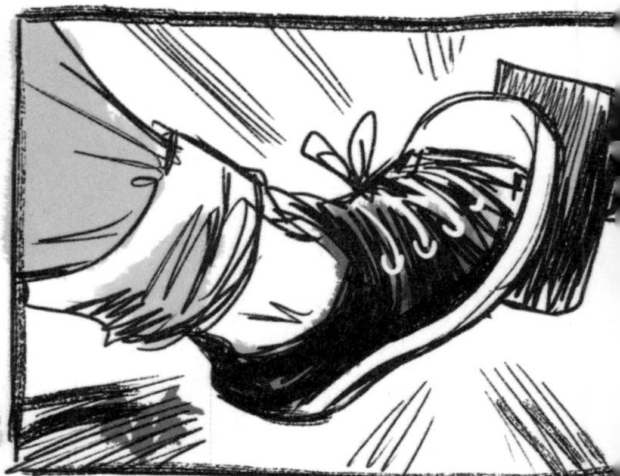

Sí CREÍA.

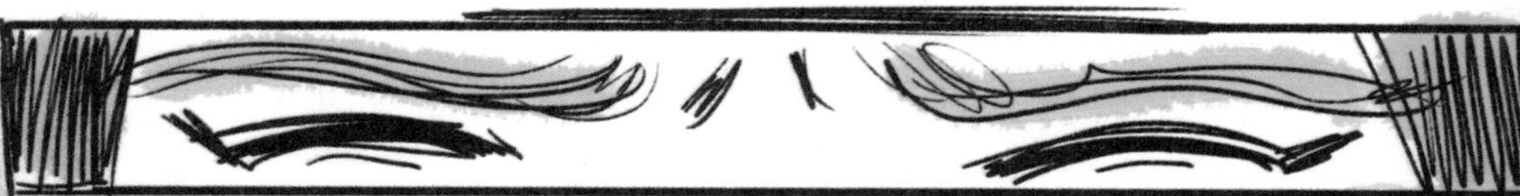

Tenía que creer en algo.

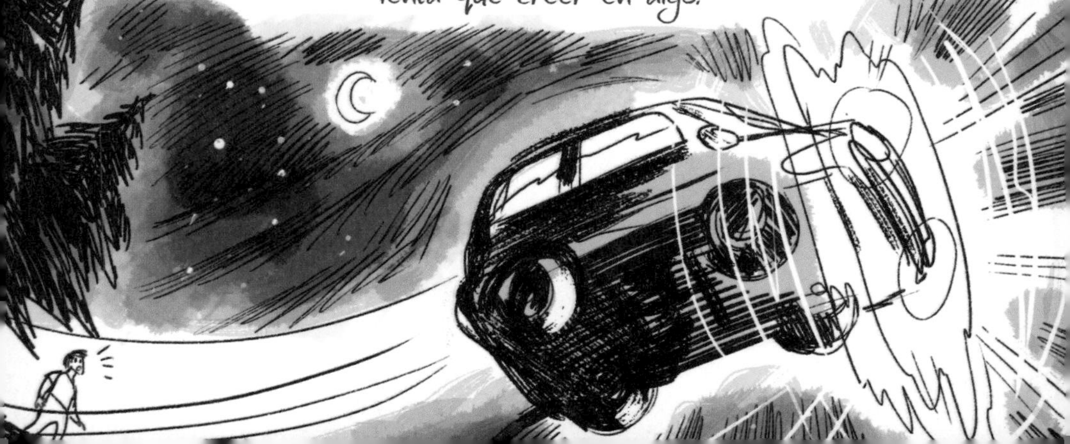

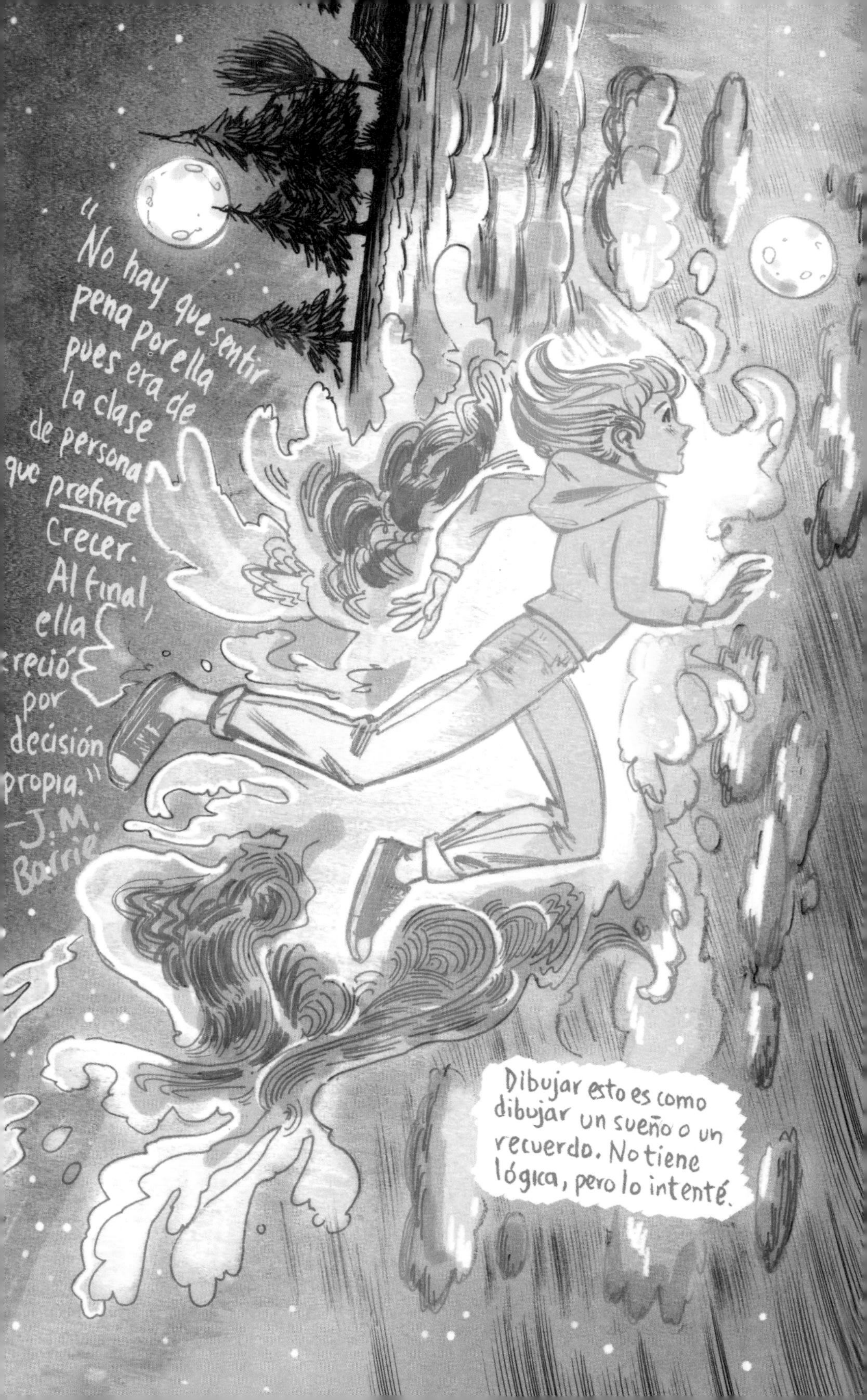
"No hay que sentir pena por ella pues era de la clase de persona que prefiere crecer. Al final, ella creció por decisión propia." —J.M. Barrie
Dibujar esto es como dibujar un sueño o un recuerdo. No tiene lógica, pero lo intenté.

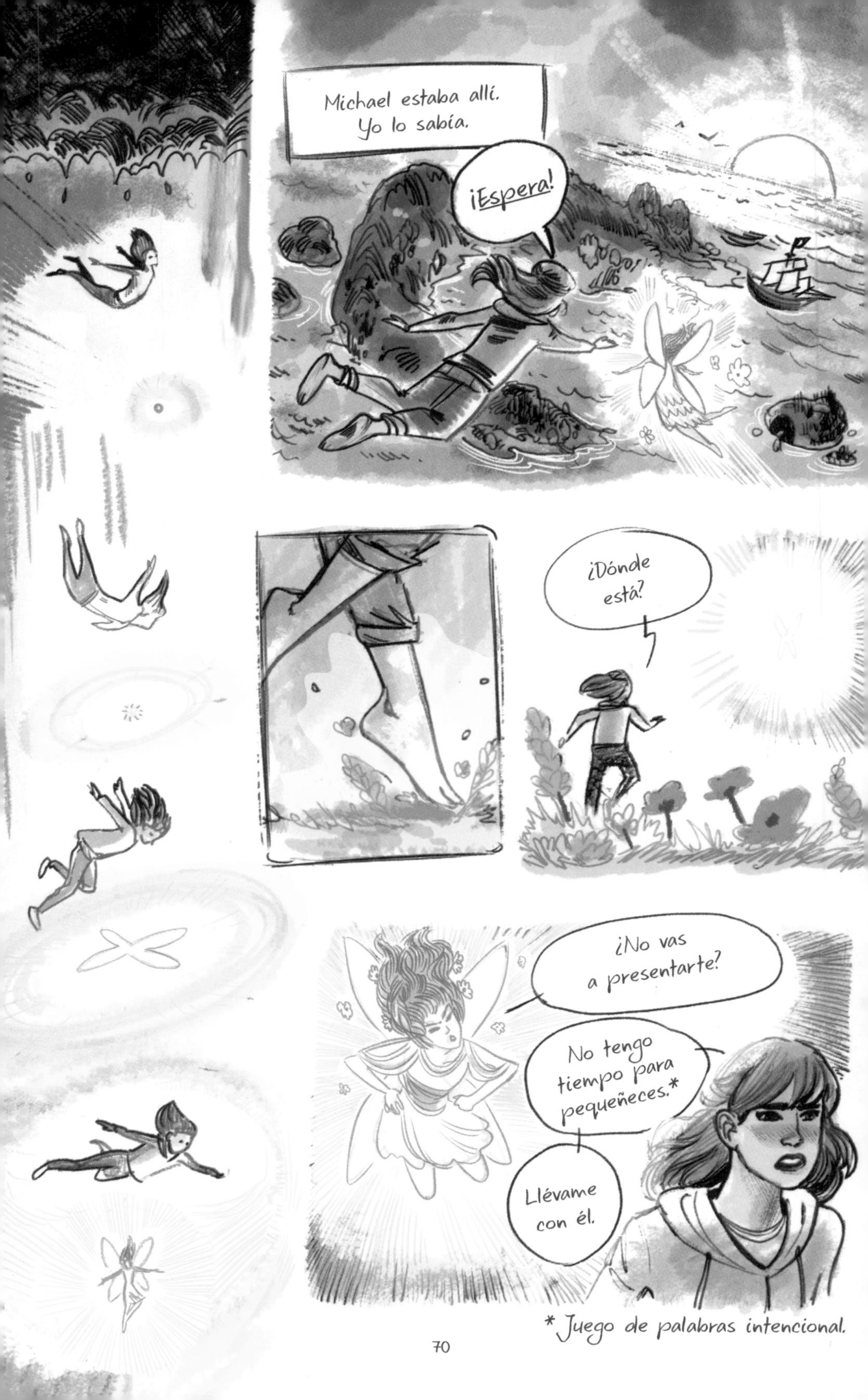
Michael estaba allí. Yo lo sabía.
¡Espera!
¿Dónde está?
¿No vas a presentarte?
No tengo tiempo para pequeñeces.*
Llévame con él.

* Juego de palabras intencional.

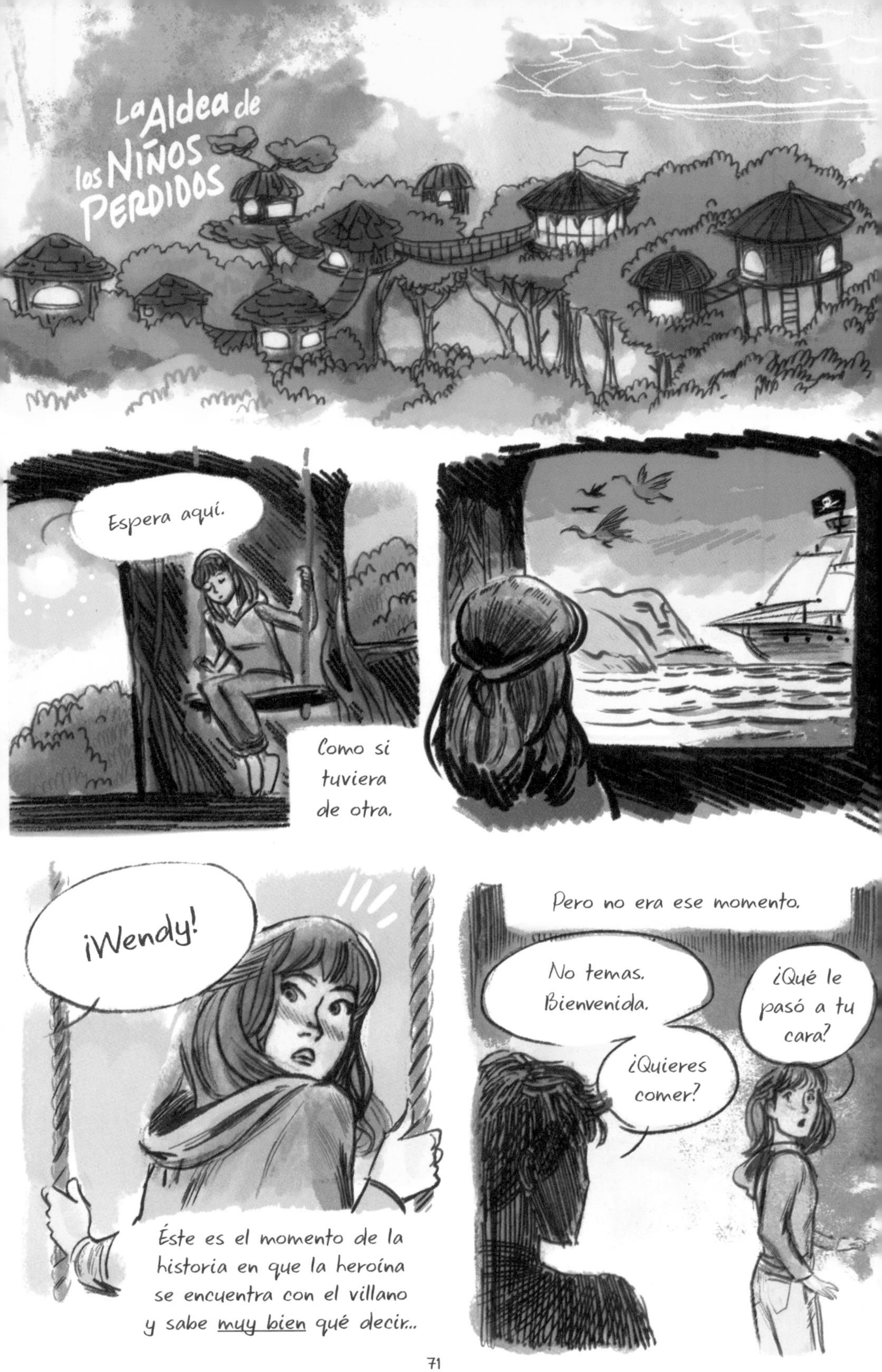
La Aldea de los Niños Perdidos
Espera aquí.
Como si tuviera de otra.
¡Wendy!
Éste es el momento de la historia en que la heroína se encuentra con el villano y sabe muy bien qué decir...
Pero no era ese momento.
No temas. Bienvenida.
¿Quieres comer?
¿Qué le pasó a tu cara?

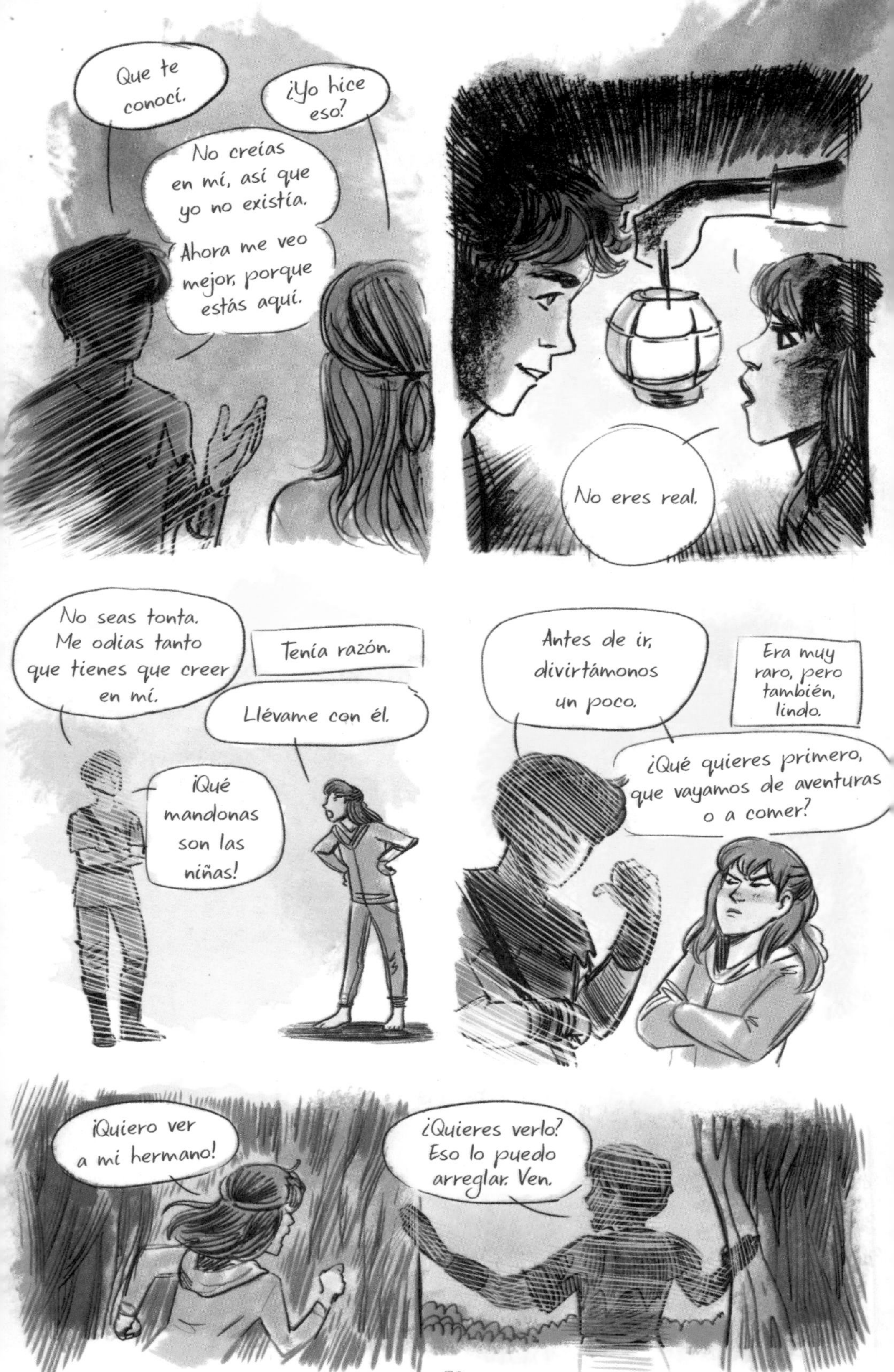
Que te conocí.
¿Yo hice eso?
No creías en mí, así que yo no existía.
Ahora me veo mejor, porque estás aquí.
No eres real.
No seas tonta. Me odias tanto que tienes que creer en mí.
Tenía razón.
Llévame con él.
¡Qué mandonas son las niñas!
Antes de ir, divirtámonos un poco.
Era muy raro, pero también, lindo.
¿Qué quieres primero, que vayamos de aventuras o a comer?
¡Quiero ver a mi hermano!
¿Quieres verlo? Eso lo puedo arreglar. Ven.

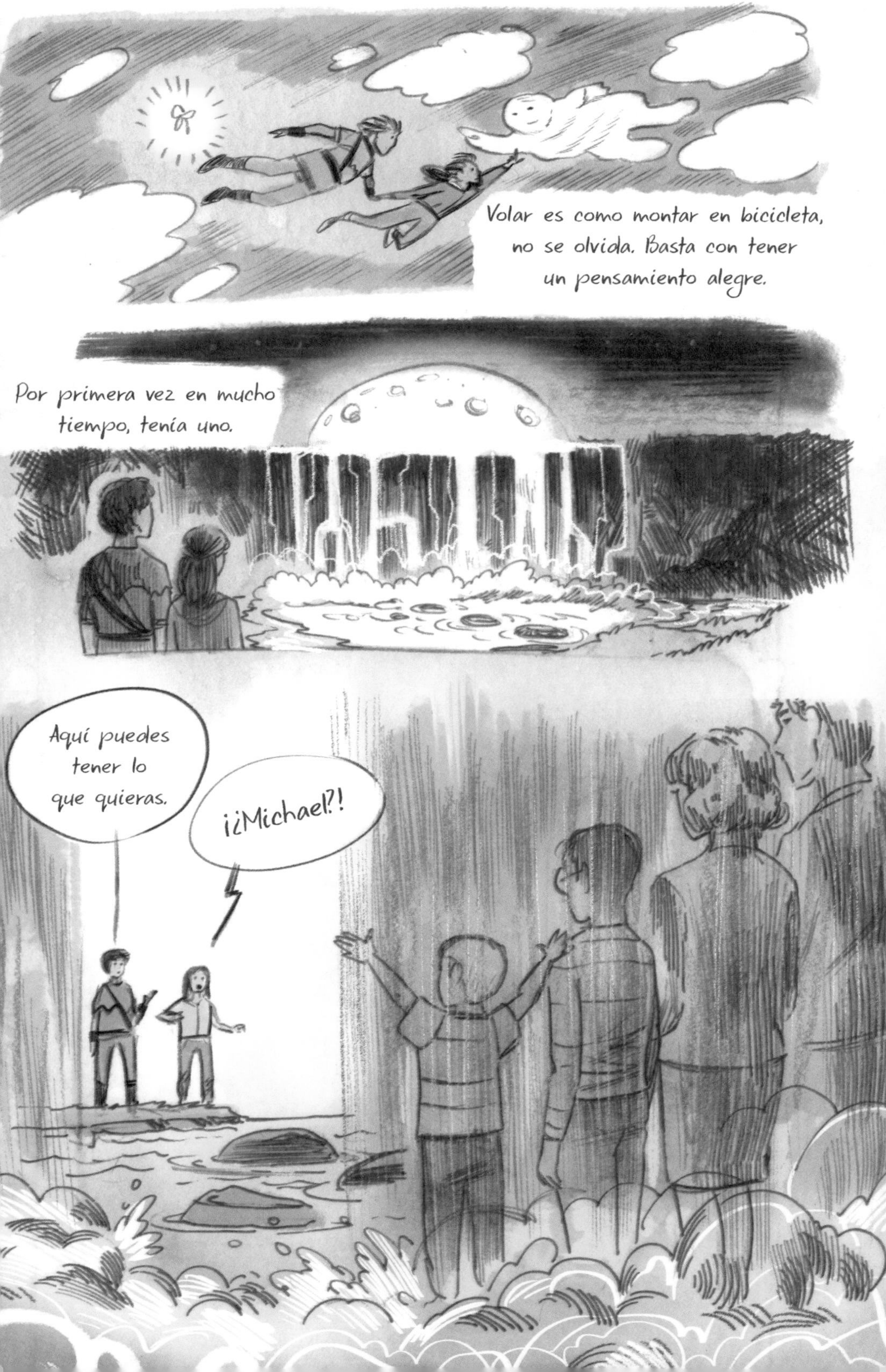
Volar es como montar en bicicleta, no se olvida. Basta con tener un pensamiento alegre.
Por primera vez en mucho tiempo, tenía uno.
Aquí puedes tener lo que quieras.
¡¿Michael?!

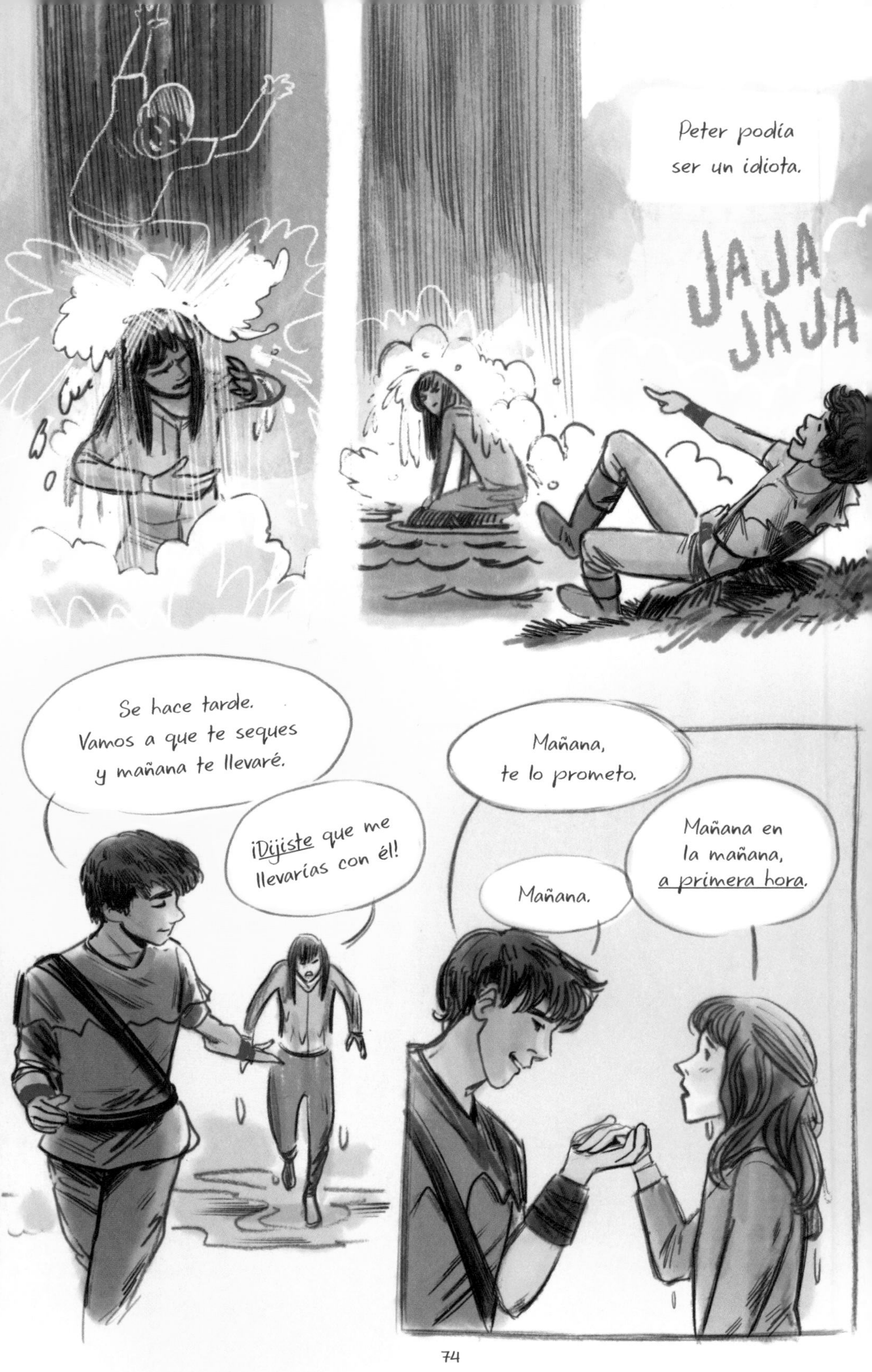
Peter podía ser un idiota.
JAJA JAJA
Se hace tarde. Vamos a que te seques y mañana te llevaré.
¡Dijiste que me llevarías con él!
Mañana, te lo prometo.
Mañana.
Mañana en la mañana, a primera hora.

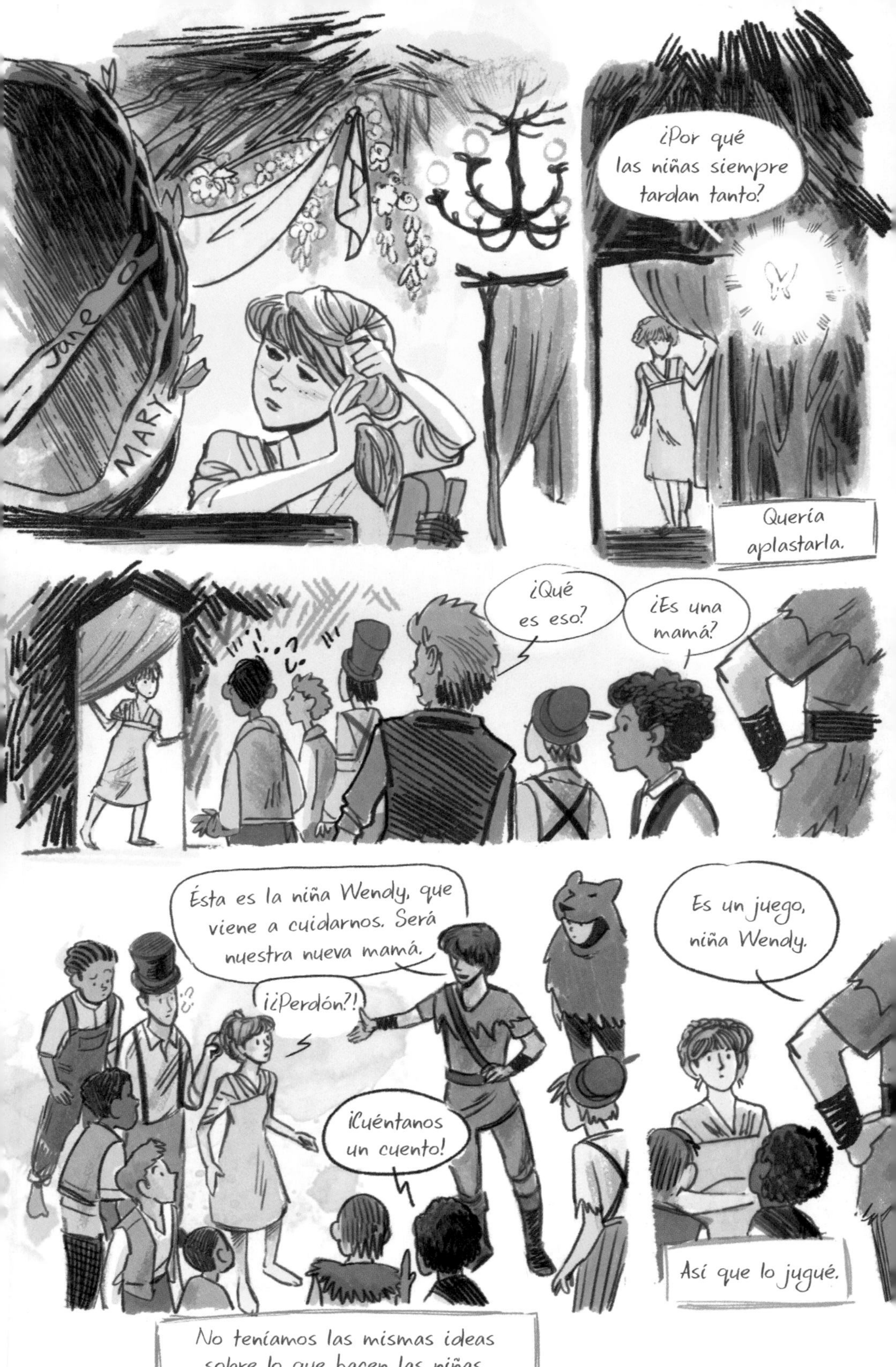
Jane
MARY
¿Por qué las niñas siempre tardan tanto?
Quería aplastarla.
¿Qué es eso?
¿Es una mamá?
Ésta es la niña Wendy, que viene a cuidarnos. Será nuestra nueva mamá.
¡¿Perdón?!
¡Cuéntanos un cuento!
Es un juego, niña Wendy.
Así que lo jugué.
No teníamos las mismas ideas sobre lo que hacen las niñas.

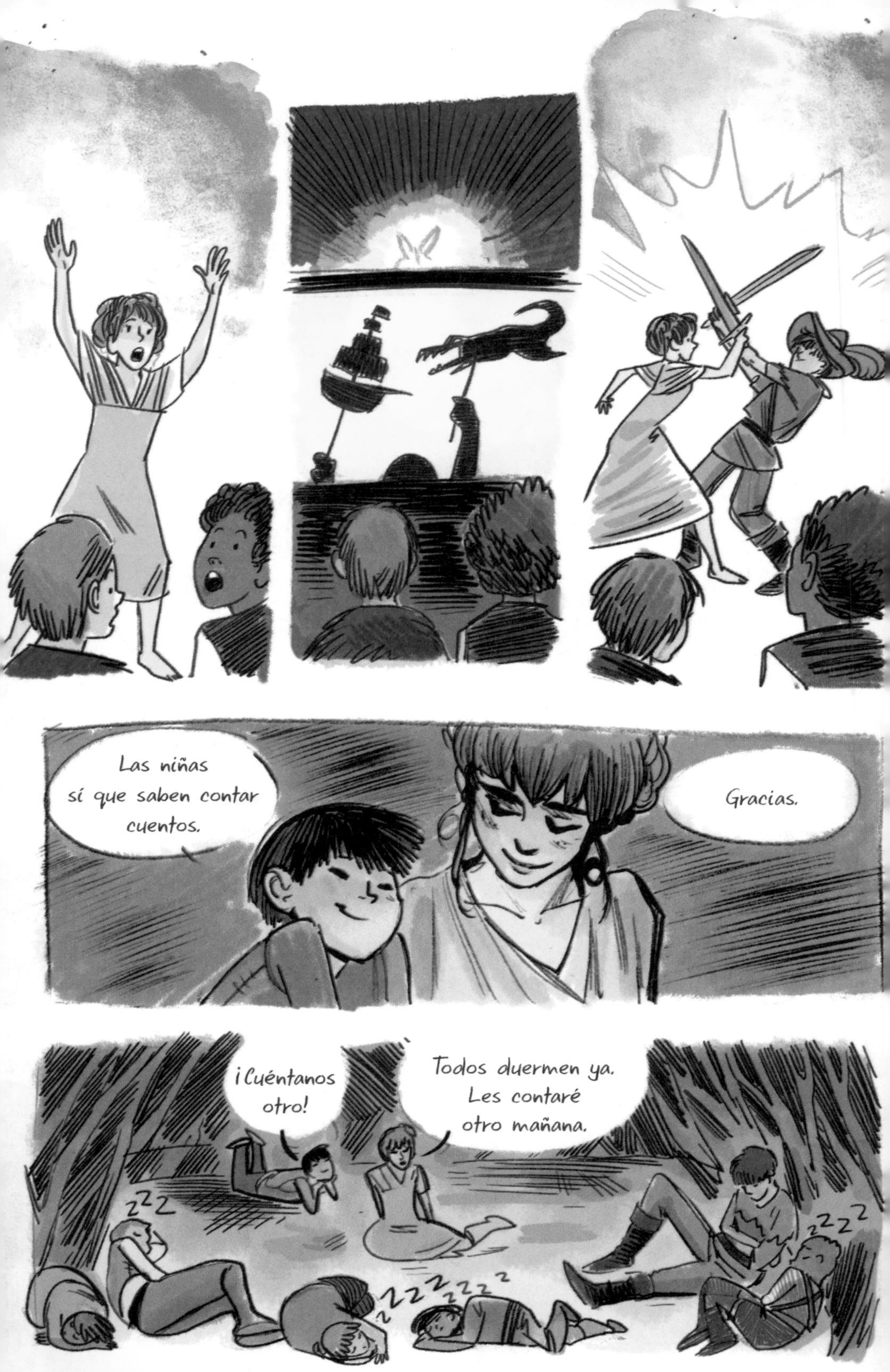

Las niñas sí que saben contar cuentos.
Gracias.
¡Cuéntanos otro!
Todos duermen ya. Les contaré otro mañana.

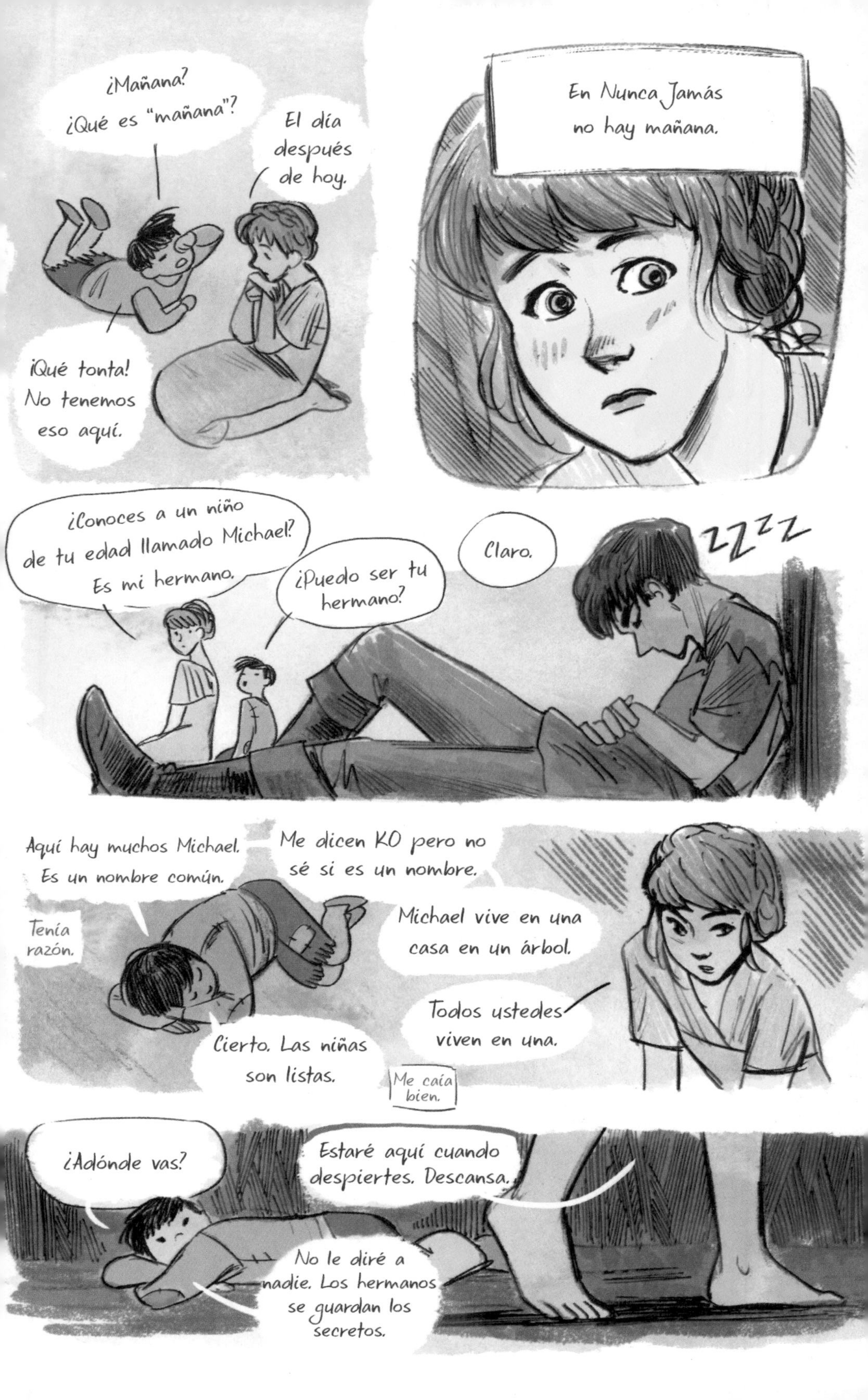
¿Mañana? ¿Qué es "mañana"?
El día después de hoy.
¡Qué tonta! No tenemos eso aquí.
En Nunca Jamás no hay mañana.
¿Conoces a un niño de tu edad llamado Michael? Es mi hermano.
¿Puedo ser tu hermano?
Claro.
ZZZZ
Aquí hay muchos Michael. Es un nombre común.
Tenía razón.
Me dicen KO pero no sé si es un nombre.
Michael vive en una casa en un árbol.
Todos ustedes viven en una.
Cierto. Las niñas son listas.
Me caía bien.
¿Adónde vas?
Estaré aquí cuando despiertes. Descansa.
No le diré a nadie. Los hermanos se guardan los secretos.

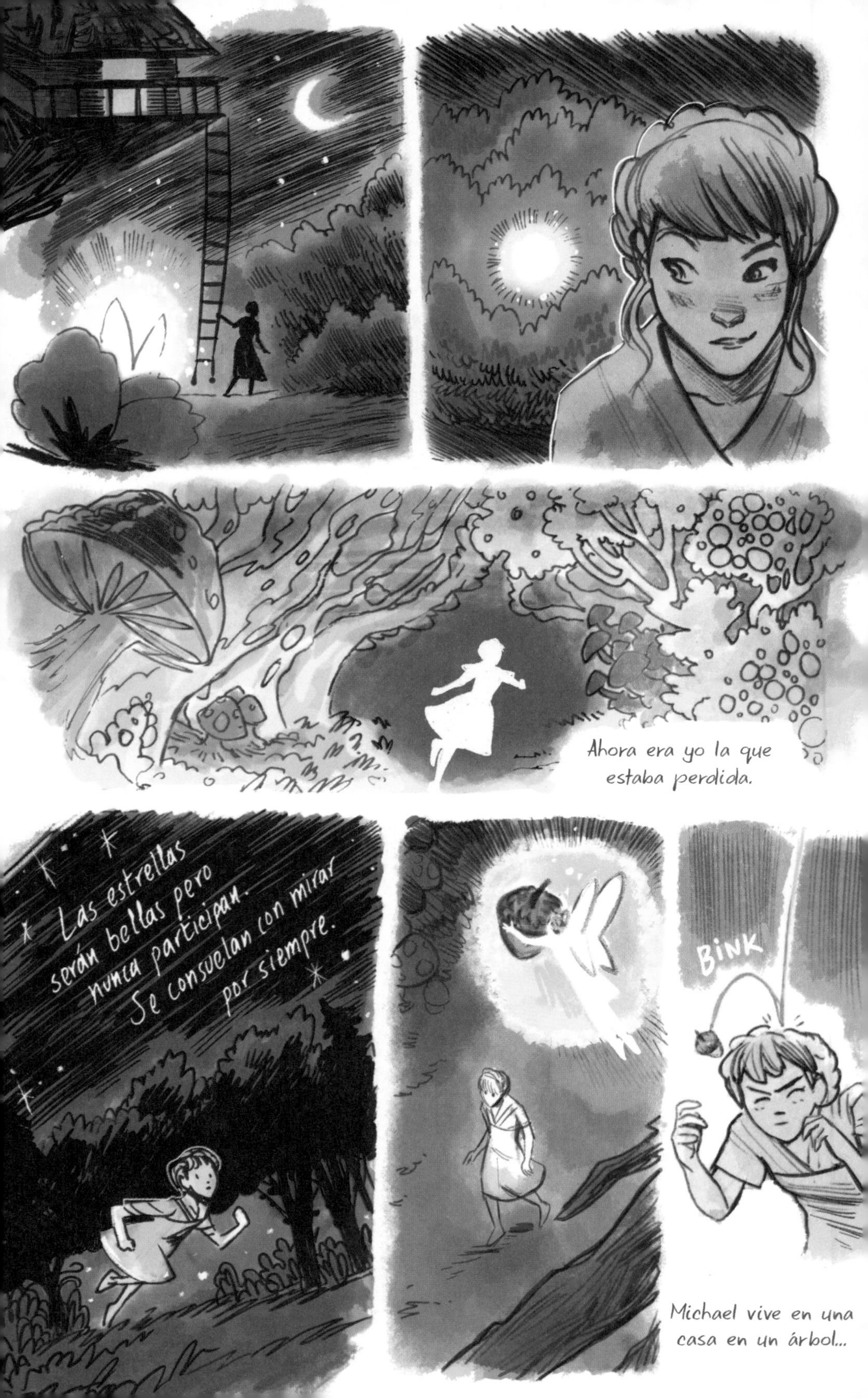
Ahora era yo la que estaba perdida.
Las estrellas serán bellas pero nunca participan. Se consuelan con mirar por siempre.
BINK
Michael vive en una casa en un árbol...

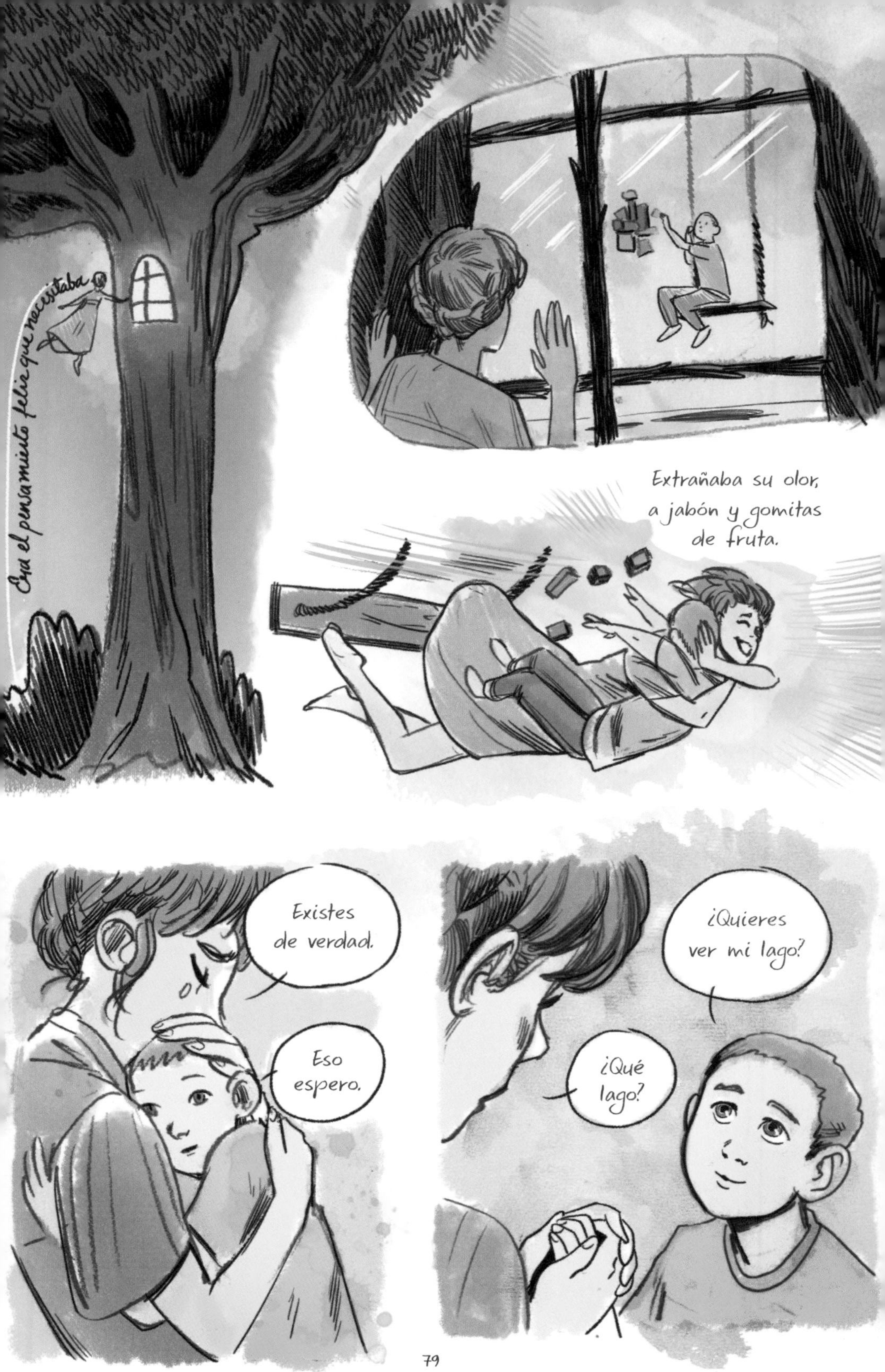
Era el pensamiento feliz que necesitaba
Extrañaba su olor, a jabón y gomitas de fruta.
Existes de verdad.
Eso espero.
¿Quieres ver mi lago?
¿Qué lago?

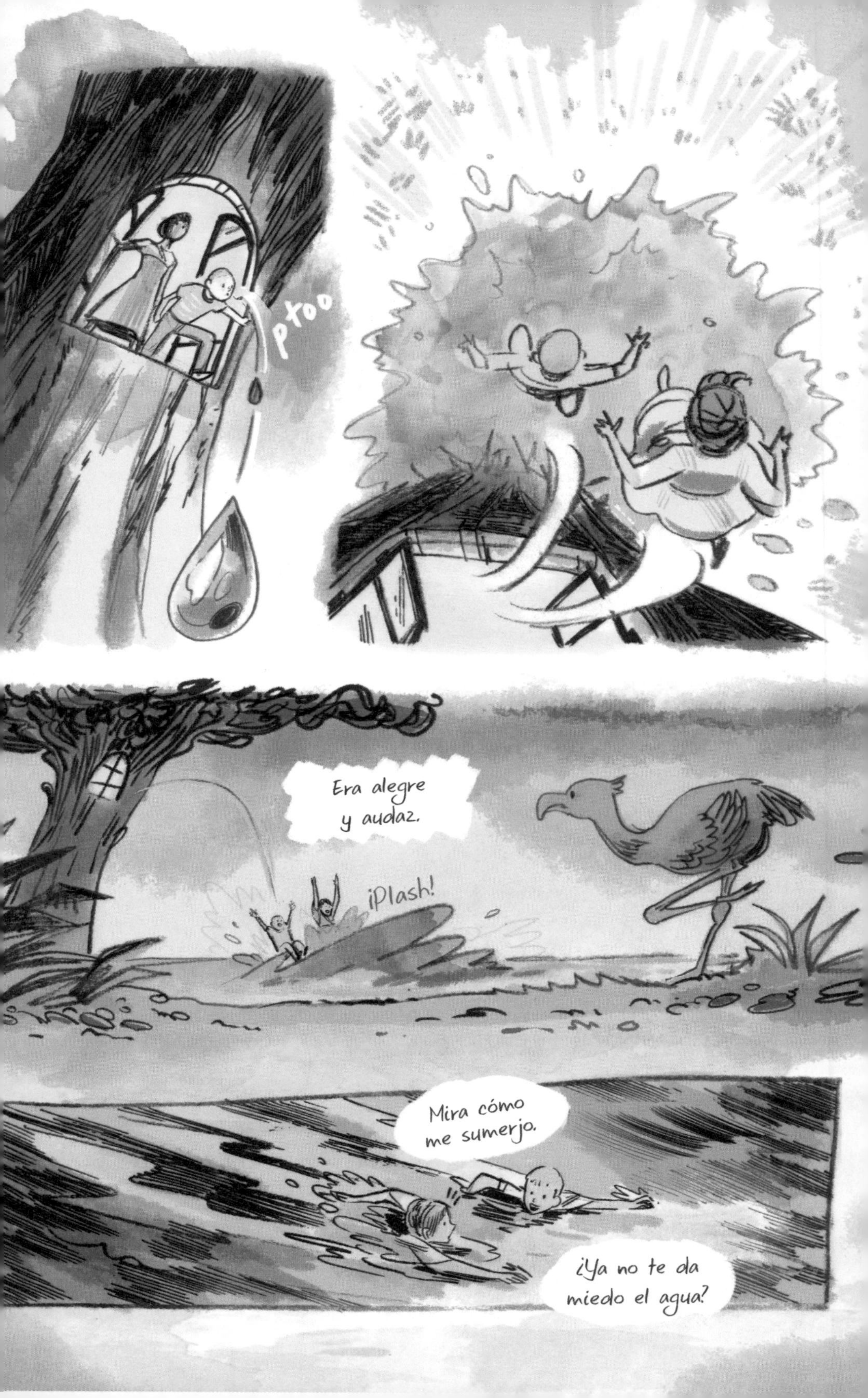
ptoo
Era alegre y audaz.
¡Plash!
Mira cómo me sumerjo.
¿Ya no te da miedo el agua?

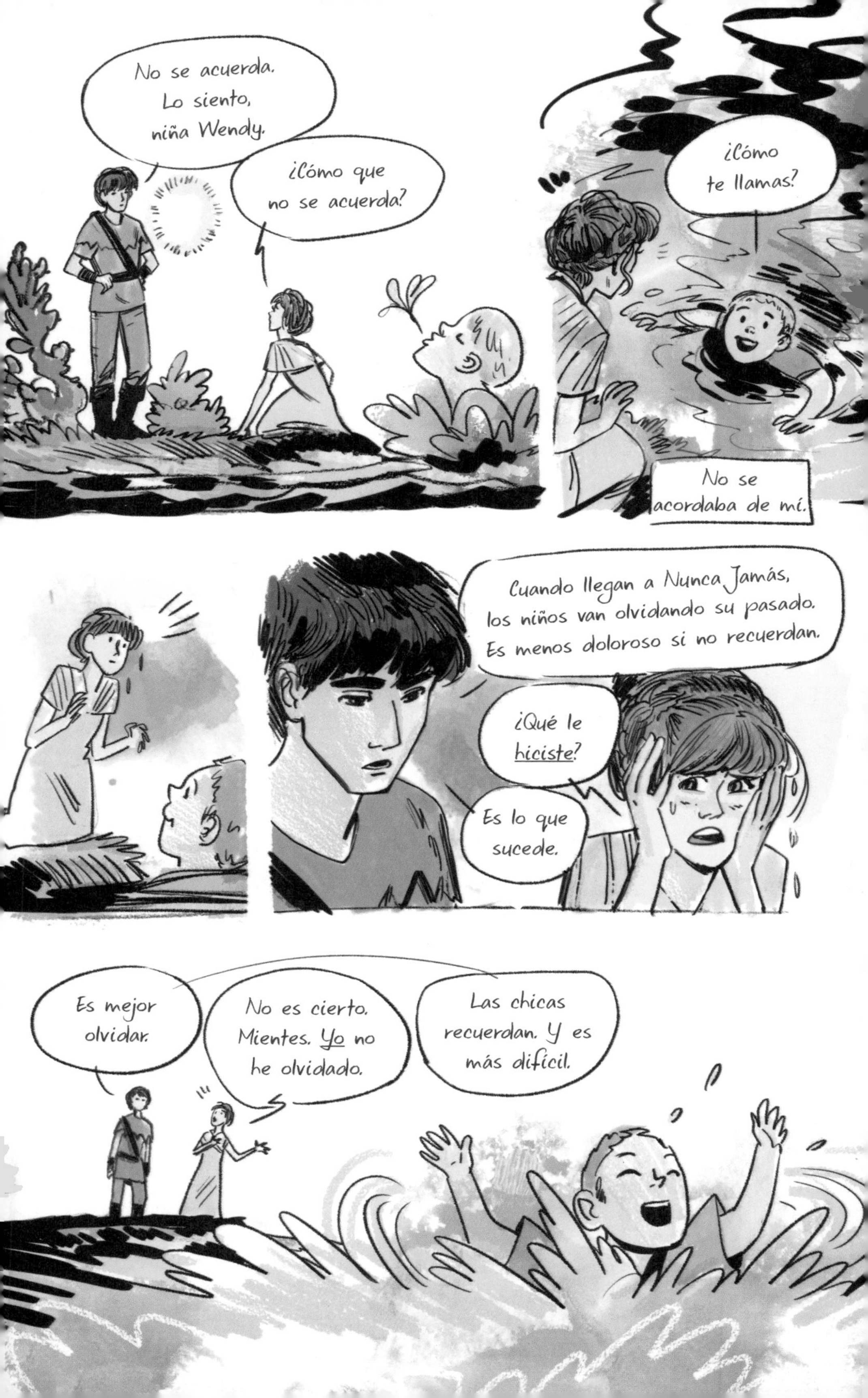
No se acuerda. Lo siento, niña Wendy.
¿Cómo que no se acuerda?
¿Cómo te llamas?
No se acordaba de mí.
Cuando llegan a Nunca Jamás, los niños van olvidando su pasado. Es menos doloroso si no recuerdan.
¿Qué le hiciste?
Es lo que sucede.
Es mejor olvidar.
No es cierto. Mientes. Yo no he olvidado.
Las chicas recuerdan. Y es más difícil.

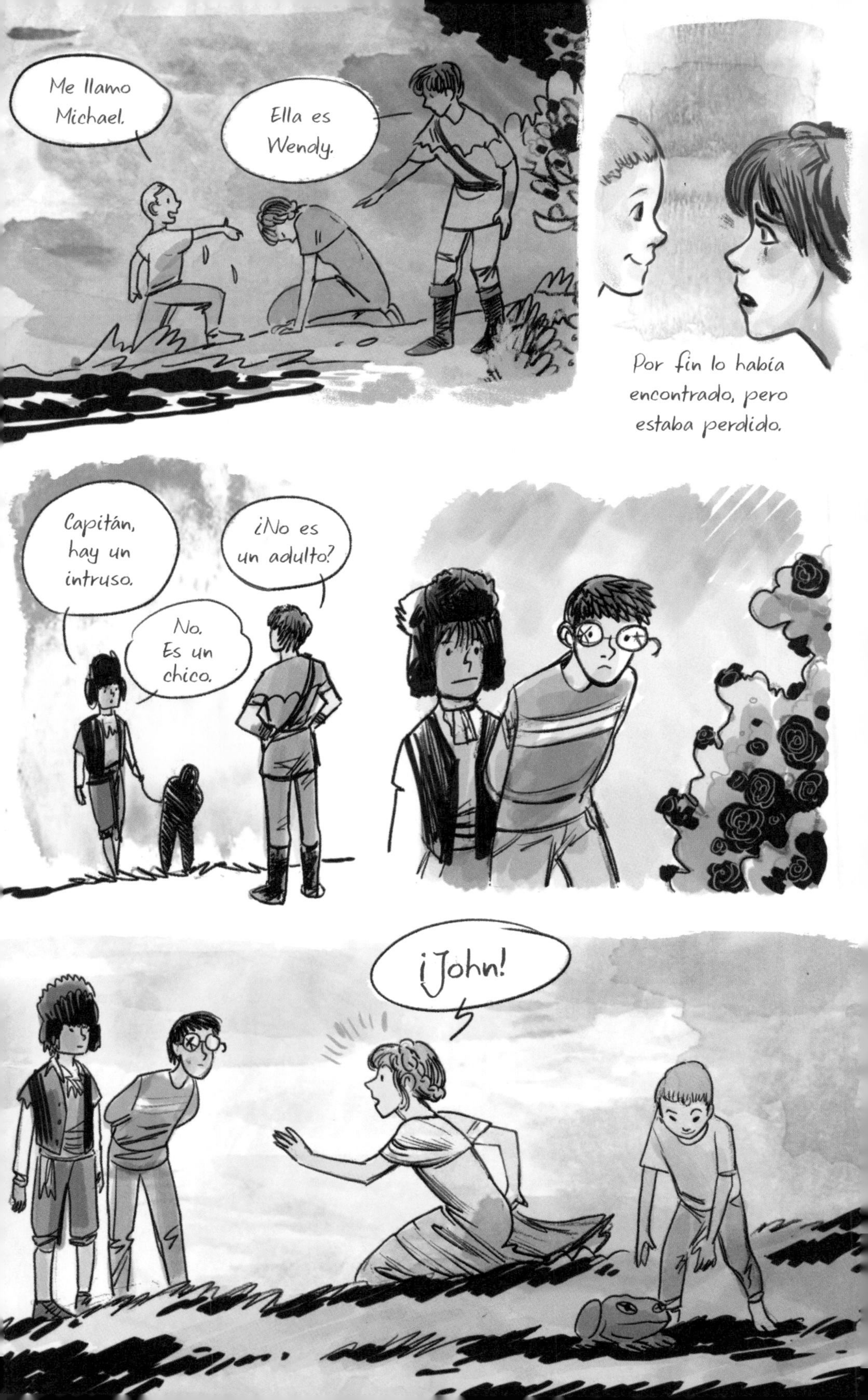
Me llamo Michael.
Ella es Wendy.
Por fin lo había encontrado, pero estaba perdido.
Capitán, hay un intruso.
¿No es un adulto?
No. Es un chico.
¡John!

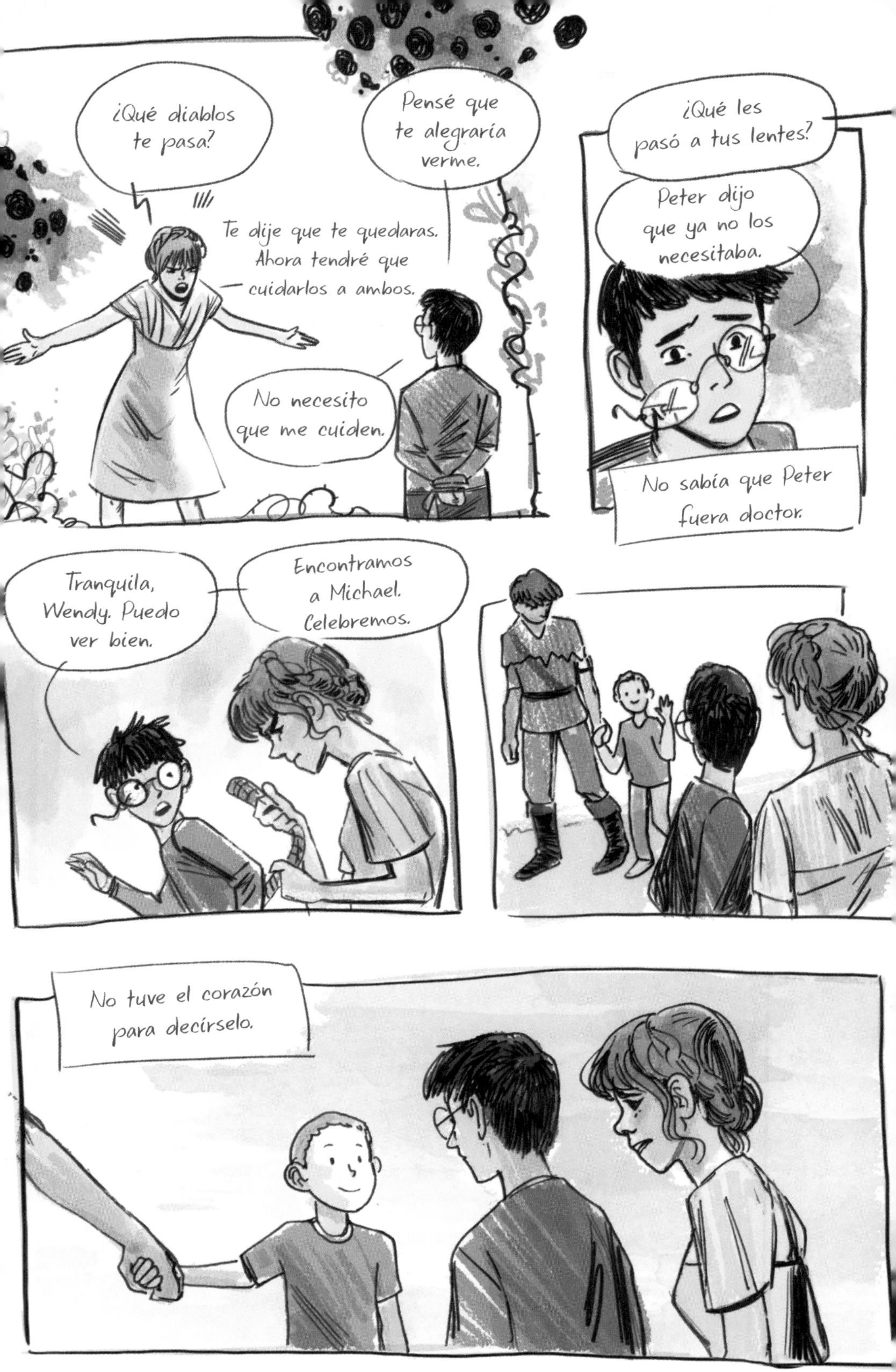
¿Qué diablos te pasa?
Pensé que te alegraría verme.
Te dije que te quedaras. Ahora tendré que cuidarlos a ambos.
No necesito que me cuiden.
¿Qué les pasó a tus lentes?
Peter dijo que ya no los necesitaba.
No sabía que Peter fuera doctor.
Tranquila, Wendy. Puedo ver bien.
Encontramos a Michael. Celebremos.
No tuve el corazón para decírselo.

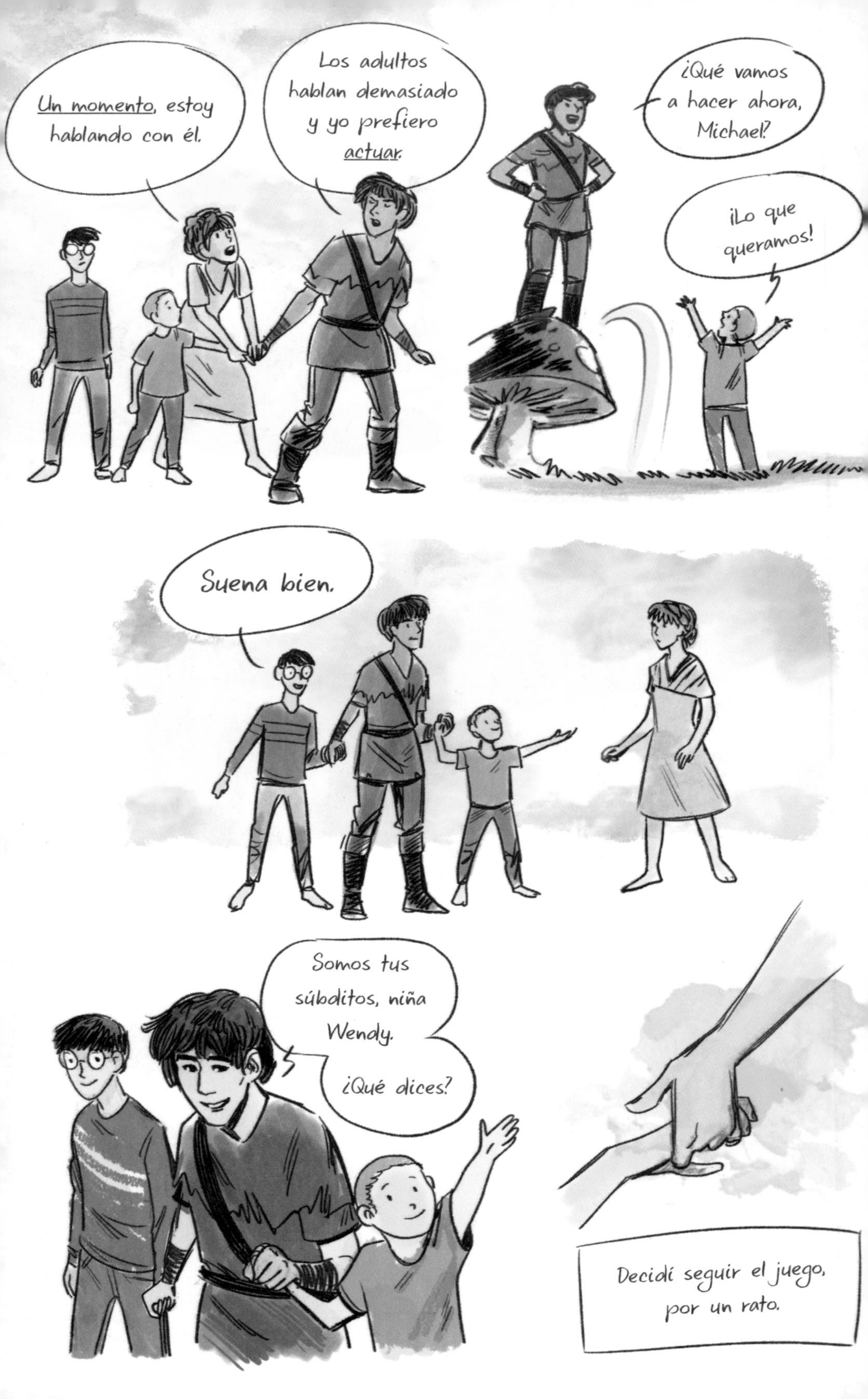
Un momento, estoy hablando con él.
Los adultos hablan demasiado y yo prefiero actuar.
¿Qué vamos a hacer ahora, Michael?
¡Lo que queramos!
Suena bien.
Somos tus súbditos, niña Wendy.
¿Qué dices?
Decidí seguir el juego, por un rato.

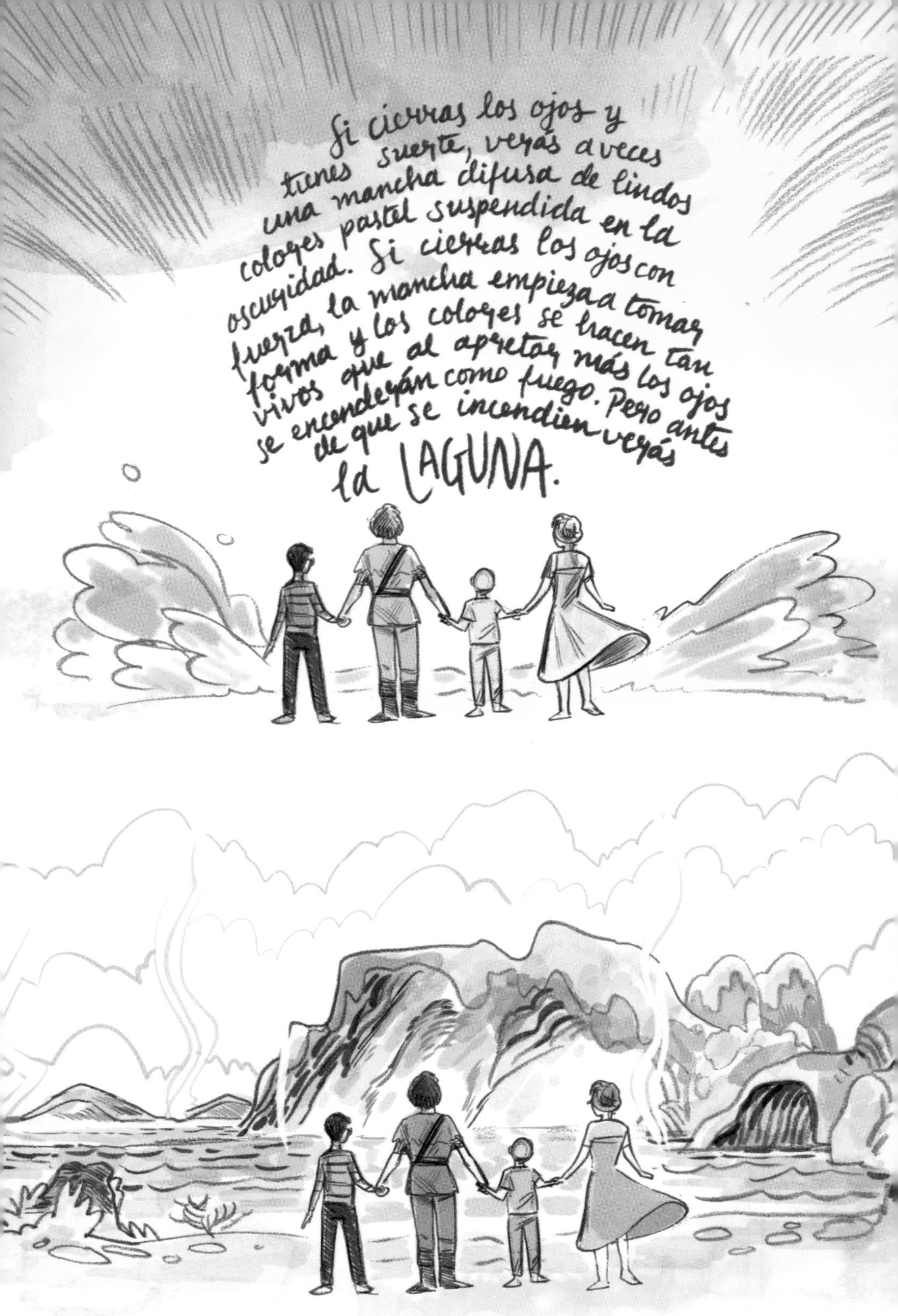
Si cierras los ojos y tienes suerte, verás a veces una mancha difusa de lindos colores pastel suspendida en la oscuridad. Si cierras los ojos con fuerza, la mancha empieza a tomar forma y los colores se hacen tan vivos que al apretar más los ojos se encenderán como fuego. Pero antes de que se incendien verás la LAGUNA.

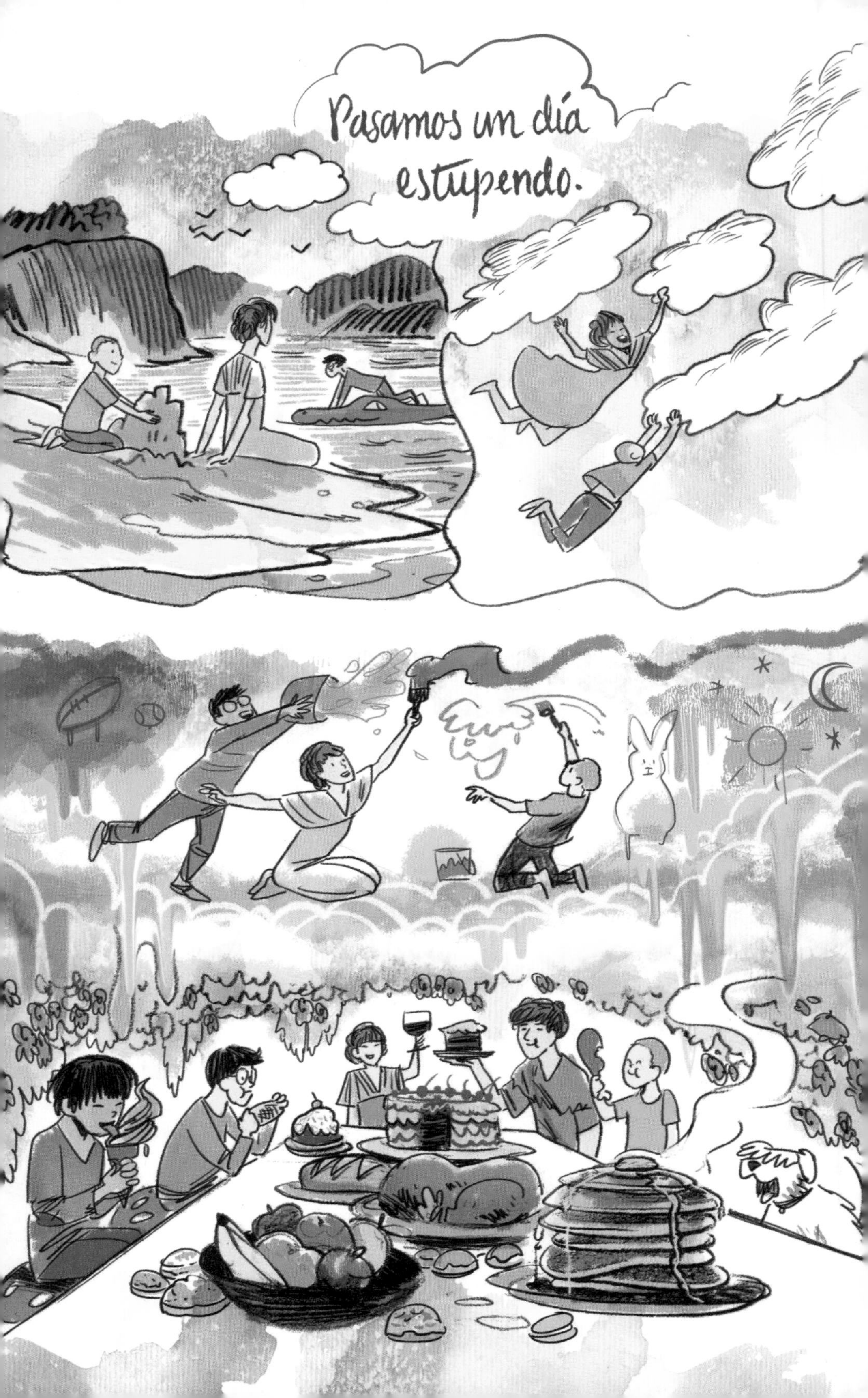
Pasamos un día estupendo.

Al fin, a solas con Michael, traté de hacer que recordara. Le hablé de un niño llamado Michael. Le conté de las fiestas de cumpleaños, de nuestros padres, de los LEGO y de la música...

... del olor de los libros de la biblioteca y de ese momento en que se apagan las luces en un cine.

Le hablé de papá y mamá, de la risa, de la crema de cacahuate, de la escuela y las luciérnagas, de la importancia de las siestas y montar en trineo, del amable hombre en el autolavado, y de cómo se siente un abrazo.

Le hablé del miedo y el amor y la esperanza. Le dije que lo quería y le pedí perdón. Le dije todo lo que allá jamás le había dicho.

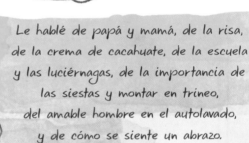

Qué buenas historias, mamá.

Aquí no importaba nada de eso.

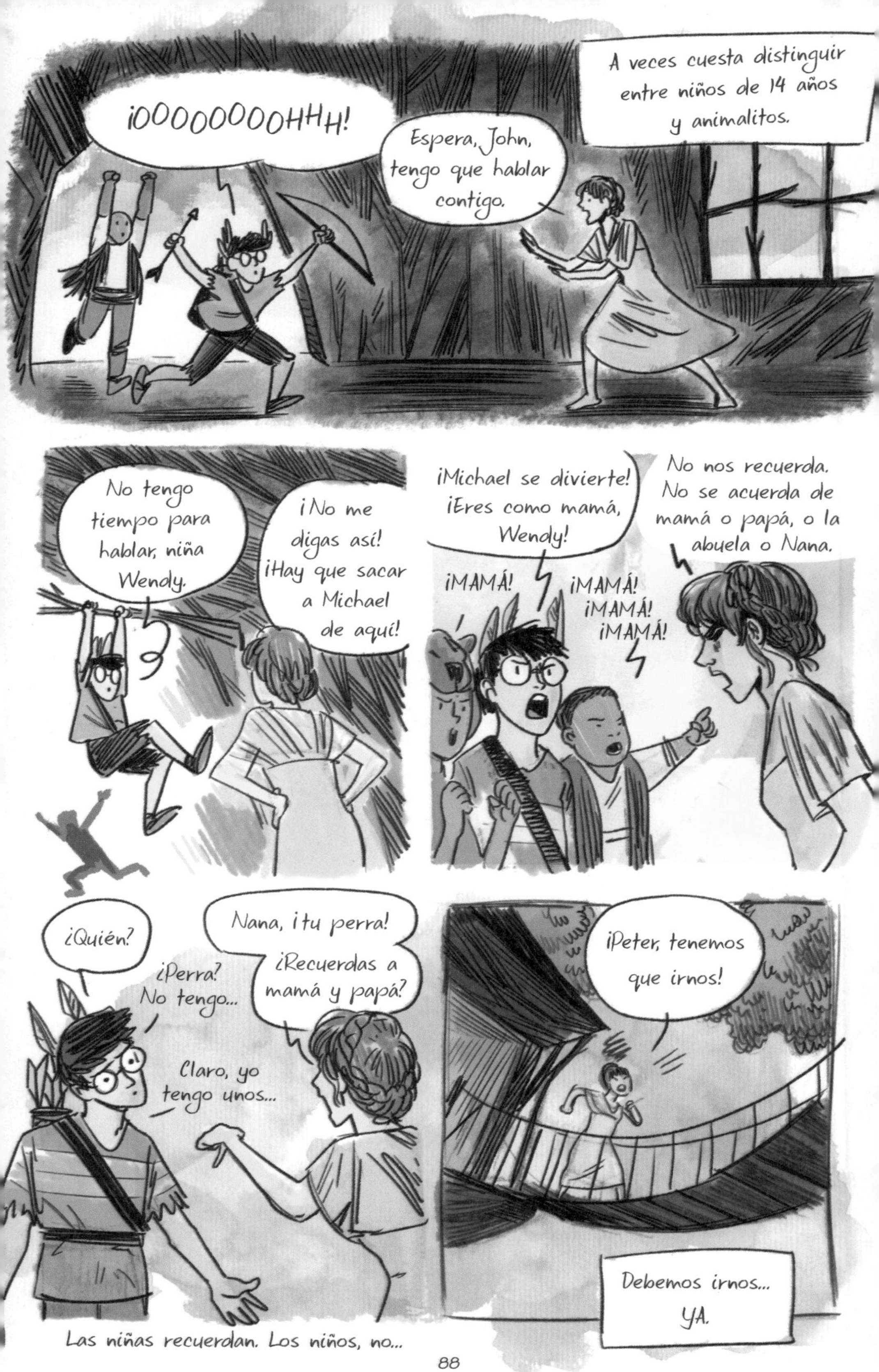
¡OOOOOOOOHHHH!
Espera, John, tengo que hablar contigo.
A veces cuesta distinguir entre niños de 14 años y animalitos.
No tengo tiempo para hablar, niña Wendy.
¡No me digas así! ¡Hay que sacar a Michael de aquí!
¡Michael se divierte! ¡Eres como mamá, Wendy!
¡MAMÁ!
¡MAMÁ! ¡MAMÁ! ¡MAMÁ!
No nos recuerda. No se acuerda de mamá o papá, o la abuela o Nana.
¿Quién?
Nana, ¡tu perra!
¿Perra? No tengo...
¿Recuerdas a mamá y papá?
Claro, yo tengo unos...
Las niñas recuerdan. Los niños, no...
¡Peter, tenemos que irnos!
Debemos irnos... YA.

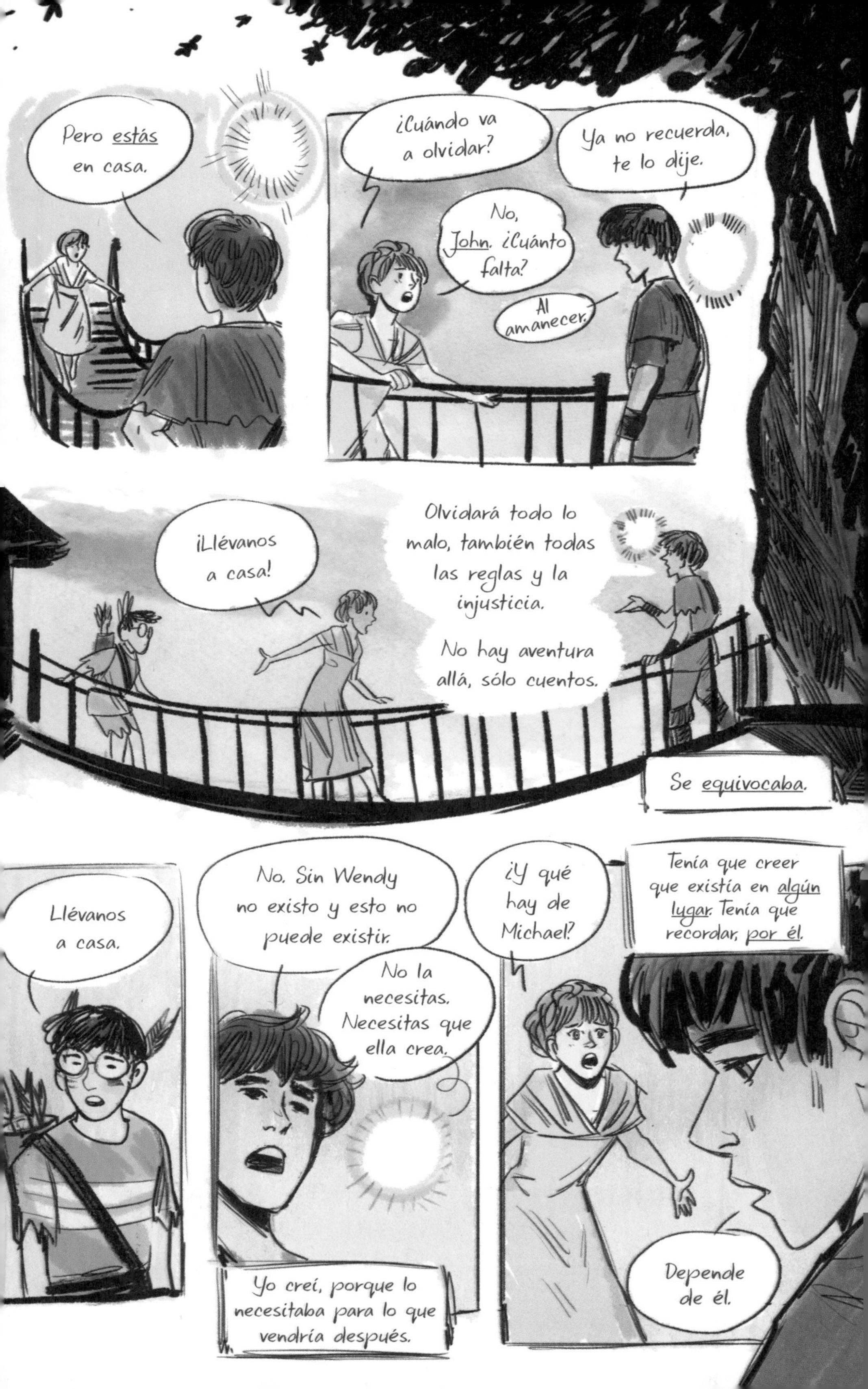

Pero estás en casa.
¿Cuándo va a olvidar?
Ya no recuerda, te lo dije.
No, John. ¿Cuánto falta?
Al amanecer.
¡Llévanos a casa!
Olvidará todo lo malo, también todas las reglas y la injusticia.
No hay aventura allá, sólo cuentos.
Se equivocaba.
Llévanos a casa.
No. Sin Wendy no existo y esto no puede existir.
No la necesitas. Necesitas que ella crea.
Yo creí, porque lo necesitaba para lo que vendría después.
¿Y qué hay de Michael?
Tenía que creer que existía en algún lugar. Tenía que recordar, por él.
Depende de él.

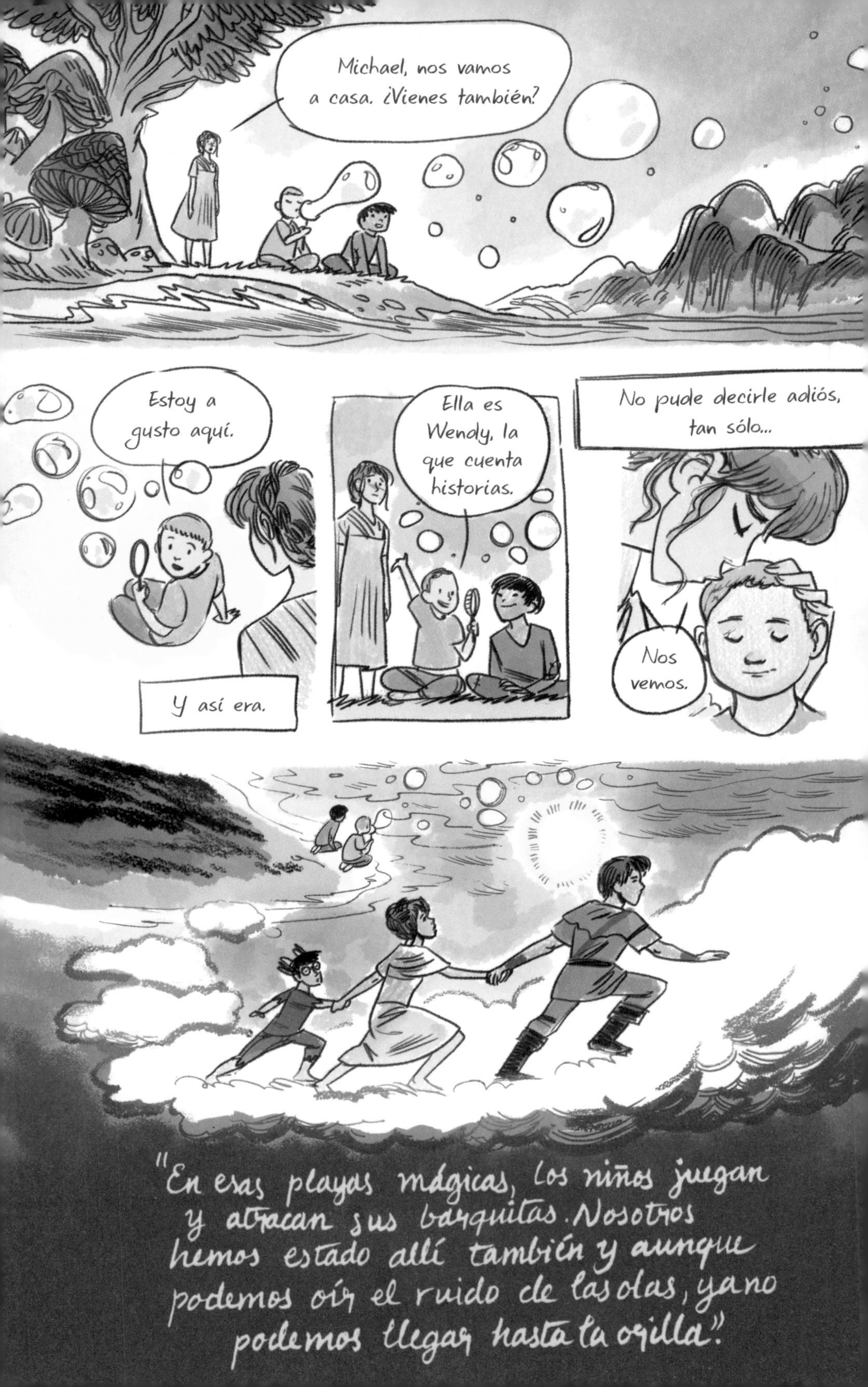
Michael, nos vamos a casa. ¿Vienes también?
Estoy a gusto aquí.
Y así era.
Ella es Wendy, la que cuenta historias.
No pude decirle adiós, tan sólo...
Nos vemos.
"En esas playas mágicas, los niños juegan y atracan sus barquitas. Nosotros hemos estado allí también y aunque podemos oír el ruido de las olas, ya no podemos llegar hasta la orilla".

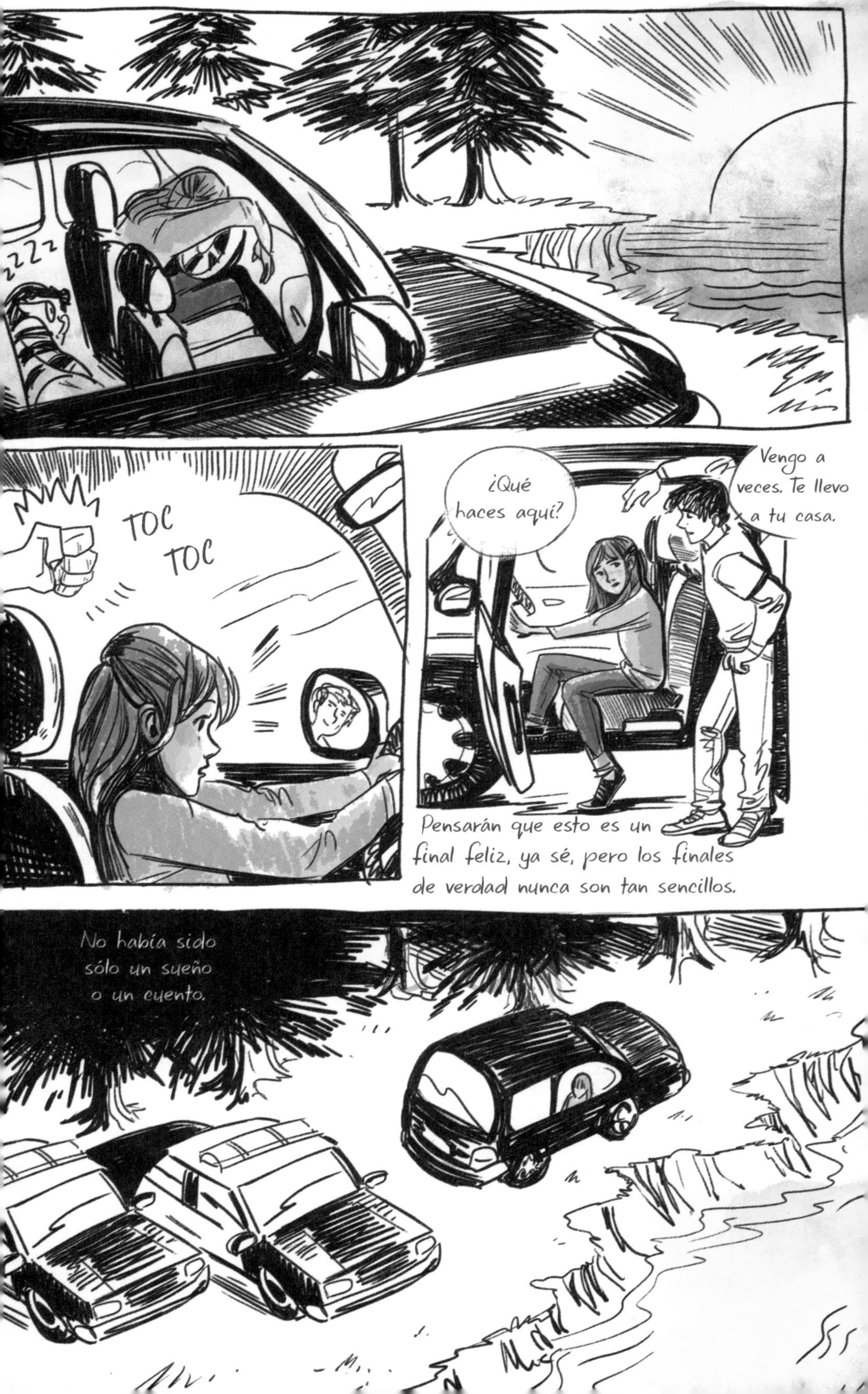
ZZZZ
TOC
TOC
¿Qué haces aquí?
Vengo a veces. Te llevo a tu casa.
Pensarán que esto es un final feliz, ya sé, pero los finales de verdad nunca son tan sencillos.
No había sido sólo un sueño o un cuento.

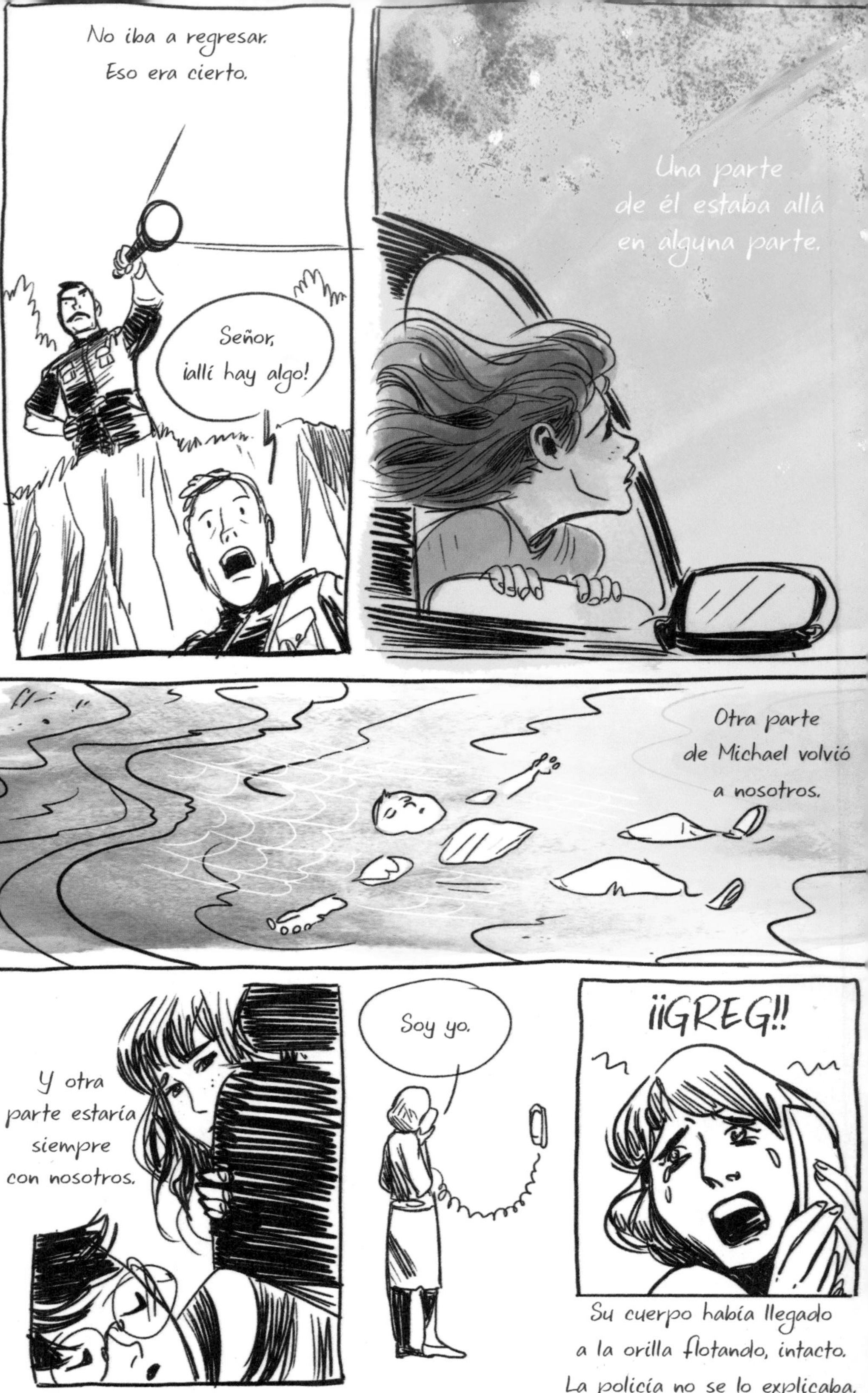
No iba a regresar. Eso era cierto.
Señor, ¡allí hay algo!
Una parte de él estaba allá en alguna parte.
Otra parte de Michael volvió a nosotros.
Y otra parte estaría siempre con nosotros.
Soy yo.
¡¡GREG!!
Su cuerpo había llegado a la orilla flotando, intacto. La policía no se lo explicaba.

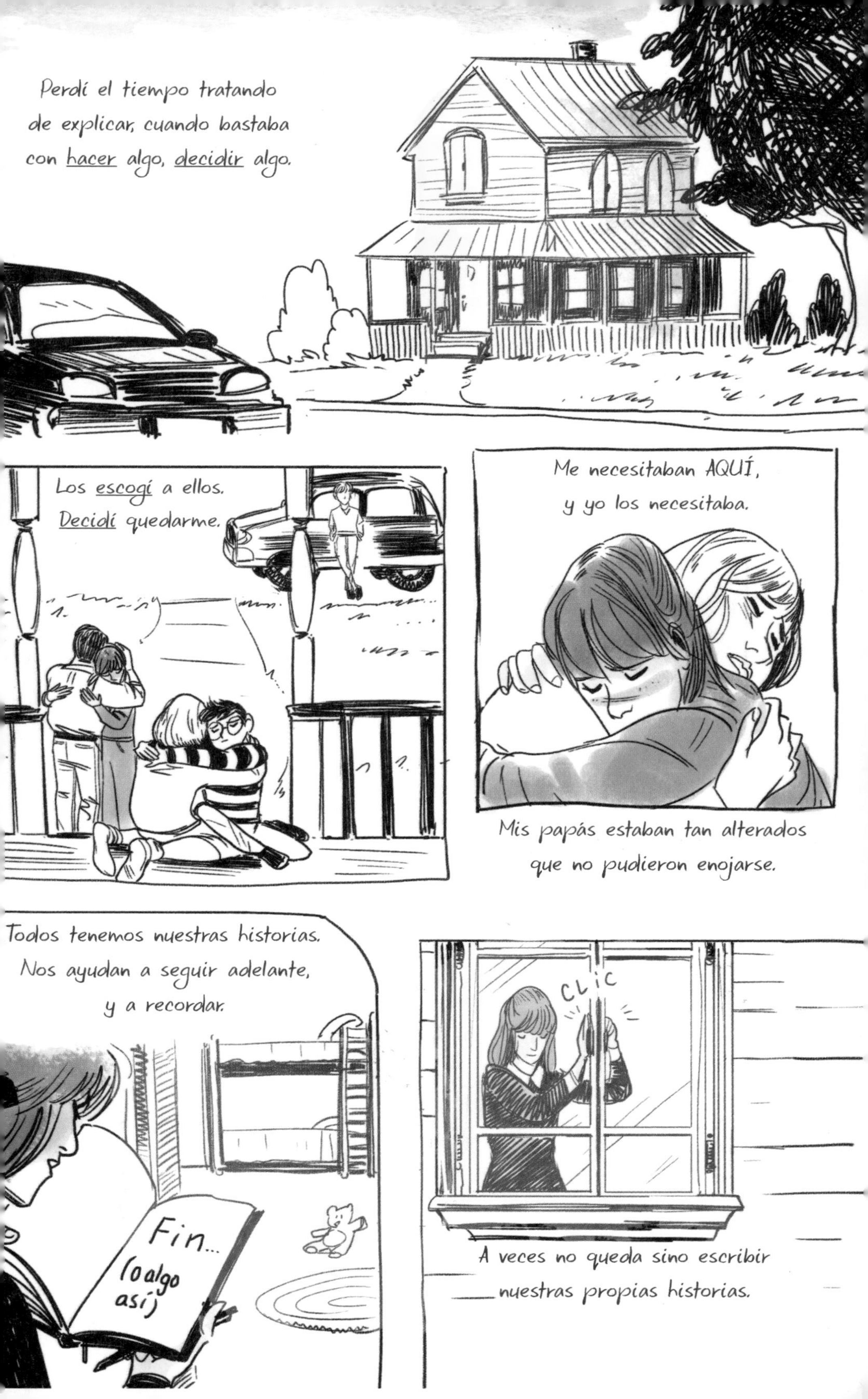

Perdí el tiempo tratando de explicar, cuando bastaba con hacer algo, decidir algo.
Los escogí a ellos. Decidí quedarme.
Me necesitaban AQUÍ, y yo los necesitaba.
Mis papás estaban tan alterados que no pudieron enojarse.
Todos tenemos nuestras historias. Nos ayudan a seguir adelante, y a recordar.
Fin...
(o algo así)
CLIC
A veces no queda sino escribir nuestras propias historias.

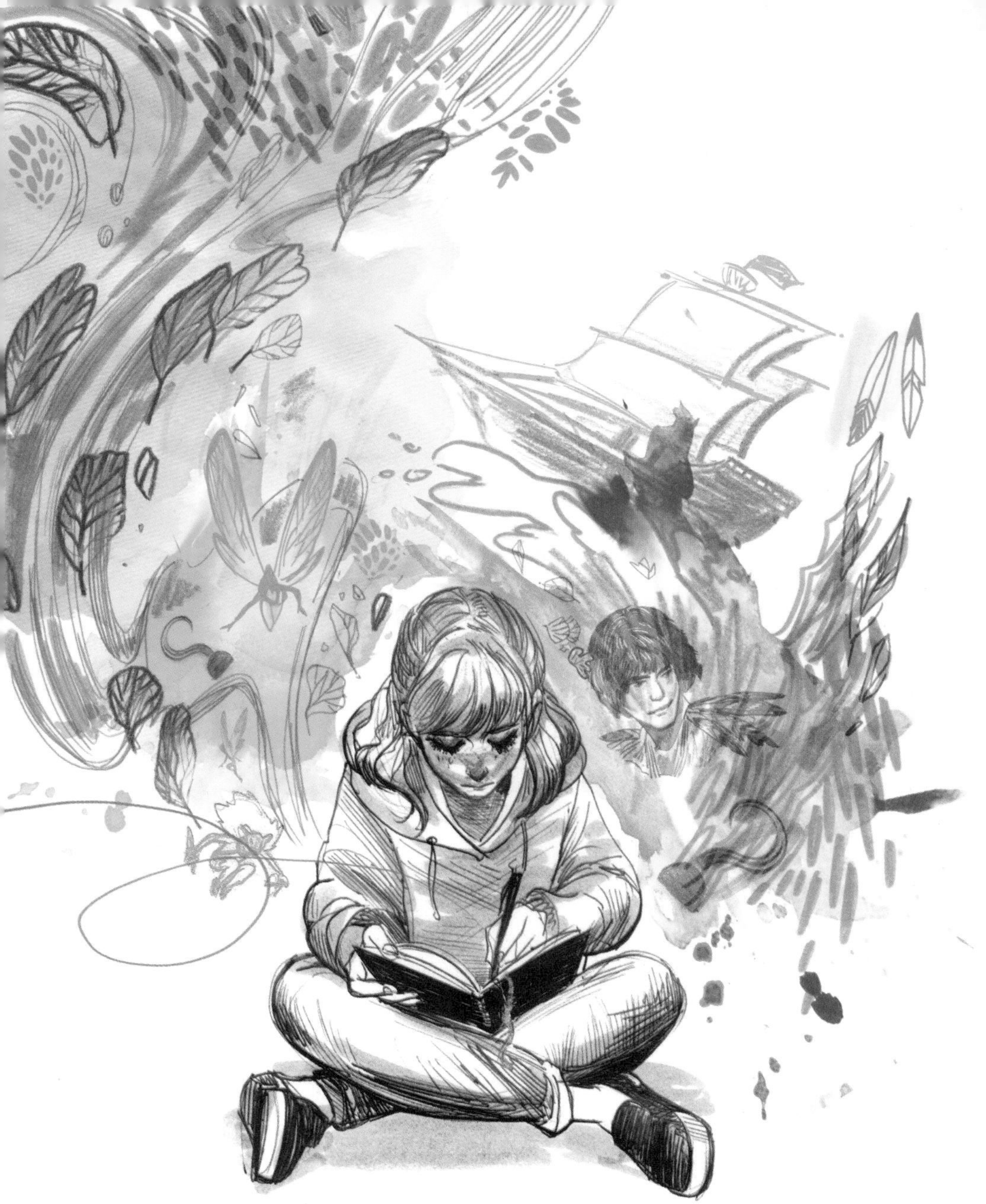

Melissa Jane Osborne es actriz y escritora. Ha colaborado con festivales de teatro como el de Williamstown, Samuel French, NYFringe, con la compañía de producción cinematográfica Killer Films, la compañía de teatro IAMA y el estudio Stella Adler, en el cual se formó. Ha sido dos veces finalista del Centro Nacional de Dramaturgia Eugene O'Neill. Su trabajo en diversos medios abarca desde redacción de artículos para diversas publicaciones hasta la creación del primer juego para iPhone con guión interactivo, para la aplicación Episode, *Campus Crush*. Su cortometraje *Oma*, protagonizado por Lynn Cohen se proyectó en festivales de cine a lo ancho de los Estados Unidos. Orgullosamente se declara parte de la compañía de teatro IAMA de Los Ángeles.

Veronica Fish ha creado ilustraciones para clientes como Nickelodeon, Marvel, la revista Wired, Lego, la agrupación Girls Scouts de los Estados Unidos, y la editorial Condé Nast. Sus obras se han expuesto en galerías de todo el mundo, y ha estado a cargo de dibujar números de Archie para Archie Comics, Spider-Woman y Silk para Marvel, actualmente está trabajando en la siguiente parte de la novela gráfica *Pirates of Mars*, creada en conjunto con JJ Kahrs.